捕捉神鸟

邹胜念 著

作家出版社

图书在版编目（CIP）数据

捕捉神鸟 / 邹胜念著 . -- 北京：作家出版社，2024.2
ISBN 978-7-5212-2728-4

Ⅰ.①捕… Ⅱ.①邹… Ⅲ.①诗集—中国—当代
Ⅳ.① I227

中国国家版本馆 CIP 数据核字（2024）第 039286 号

捕捉神鸟

作　　者：邹胜念
责任编辑：朱莲莲
封面设计：张子林
出版发行：作家出版社有限公司
社　　址：北京农展馆南里 10 号　　邮　　编：100125
电话传真：86-10-65067186（发行中心及邮购部）
　　　　　86-10-65004079（总编室）
E-mail:zuojia @ zuojia.net.cn
http://www.zuojiachubanshe.com
印　　刷：北京盛通印刷股份有限公司
成品尺寸：145×210
字　　数：97 千
印　　张：6.625
版　　次：2024 年 2 月第 1 版
印　　次：2024 年 2 月第 1 次印刷
ISBN 978-7-5212-2728-4
定　　价：58.00 元

作家版图书，版权所有，侵权必究。
作家版图书，印装错误可随时退换。

《让秘密重生》 陶梓勋

《永生》 陶梓依

《丢失的乡》 陶梓侬

《宇宙大同》 陶梓勋

《我的梦》 陶梓勋

《旅程》 陶梓勋

《鲸落》 陶梓勋

《心魔》 陶梓勋

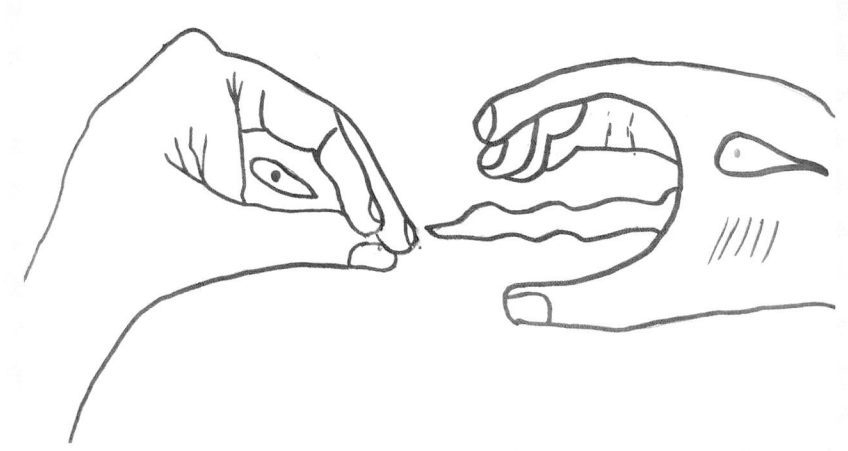

《法度》 陶梓勋

《航》 陶梓侬

目 录

第一辑　蓝色将至

　　　　　悲情唢呐　.003

　　　　　杀蓝　.004

　　　　　原始人　.005

　　　　　等一只猫言语　.006

　　　　　肉店隔壁是花店　.007

　　　　　蓝色将至　.008

　　　　　让秘密重生　.009

　　　　　孤独交响曲　.011

　　　　　望深秋　.013

　　　　　往事轮廓　.014

　　　　　夜玫瑰　.016

　　　　　法度　.017

　　　　　雪蛇　.018

　　　　　写给海子　.019

　　　　　永生　.021

　　　　　归来　.023

　　　　　光阴流逝　.025

飞鸟止步于树梢 .027

温泉 .029

丢失的乡 .031

第二辑　日月同辉

孤悬 .035

建筑师 .036

葡萄串 .037

猎人问 .038

神说 .039

无声买卖 .040

矛盾乡野 .042

日月同辉 .043

屋顶 .044

放羊的男孩 .045

掌舵者 .046

蜂 .047

醉酒父亲 .048

微醺女人 .050

大厨和我 .051

守林人 .053

大货车 .055

高跷渔夫 .056

黑色女史 .058

南方女人 .060

母亲　.062

梦游　.063

风信子入城记　.064

城市树洞　.065

拾荒者　.067

九月之深　.068

第三辑　捕捉神鸟

艺术家　.071

栅栏与玫瑰　.073

鸟与诗歌　.075

若爱在弥留之际　.077

随爱远行　.079

宇宙大同　.081

蝈蝈　.083

橘子海　.084

球场　.085

钟摆　.086

找到我　.088

胡言　.090

我的梦　.092

大部分的爱情　.094

旅程　.096

特赦令　.098

雨夜忆《沉船》　.099

致巴赫曼 .101

海的秘密 .103

饭桌旅行 .105

与狮子相爱 .107

放空 .108

捕捉神鸟 .110

不借 .112

禁渔期 .113

永恒的墓志铭 .114

我不想 .116

诗者,"呼风唤雨" .118

鲸落 .120

第四辑　雨后

距离 .125

向草原尽头走去 .127

浅谈女性友谊 .128

星星什么都懂 .129

时光不息 .130

爱如云 .131

望孔雀 .132

北方河流 .133

雨后 .135

朴素的日常 .136

耳坠 .138

当我们嫌一群青蛙太吵 .140

赞美晚风 .142

丁香与造船厂 .143

插花 .145

主妇的日常 .147

留守 .149

暮色里漫步 .150

夜航船 .151

做了记号的珍珠 .153

观牌 .155

空 .156

燃烧的日子 .157

第五辑　隐者

安睡到天亮 .161

发光的镜子 .162

起誓 .164

友谊封茧 .165

浪漫主义的处理 .166

静止的欲望 .167

黑湖 .168

剪 .169

心魔 .171

大地不知我 .172

你给的模样 .174

都是故人 .175

他不需那可怜的垂青之词 .177

纸飞机 .178

离别 .179

我和一段清晨 .181

流年 .183

雪中尝情 .185

夏季里的自我认知 .187

完美之殇 .188

等秋 .190

航 .192

愿你诸事顺遂 .193

隐者 .195

你,何时归 .196

时空 .198

友谊防腐信条 .199

将要旅行 .200

失语 .202

我有山谷,在河下游 .204

第一辑 蓝色将至

悲情唢呐

我以为,这小镇,日日有人乘鹤西去
真叫人万分恐慌
悲情唢呐,已在一百个清晨
降服了睡神与鸟群
光秃秃的天空,唯有唢呐哭泣
不能再忍
我沿一段荒芜,走进一间暗室
有个男人没有双眼
就像唢呐没有泪珠
我问,可否让我安睡一整个清晨
一次就行
他的手指跳跃,他的头颅摇摆
悲情唢呐,蹚过河水
爬上最高的电视塔
第三百零一个清晨,我睡到了晌午
开酒,庆祝
庆祝自己——声声不入耳
可是,人们说,吹唢呐的死了

杀蓝

住在船上的人,不止一次

靠岸,来我的商店,买糖

买蘑菇,买香皂

按他的要求,这次准备的匕首

刀柄上刻了"不求无风,只求心安"

历经三个月,这把匕首

将见到我不曾见过的——蓝和深蓝

他会紧攥出自我手的匕首

卸掉鲨鱼牙齿,做成项链

等下次见面,礼物般套在我脖颈

我不曾出海

就可与他合力,刺向一片海

他唤我兄弟,我给他点烟

他的络腮胡愈加浓密,而藏匿的真容

正令众神受难

在这间烟雾缭绕的交易小屋内

我们嚼生鱼片,我们不想女人

我们合力,杀掉了蓝中最蓝

原始人

在傍晚前抵达洞穴
褐色的你仍在钻木生火
这梦境,奇怪不已
将珍珠和彩裙抛入火里
只用来沸腾一锅海鱼
在没有窗户的栖身之所,我们吃饱后
就脱光自己
褐色的你,褐色的背脊和耻骨
我们脱光自己,沉沉睡去
在明日傍晚前,换你抵达洞穴
我在生火,你的口袋里揣满红色浆果
熄灭,熄灭费尽我一整日光阴的火
给我浆果,吃掉
吃掉那只能一人领略的途中风景
我们是原始人
轮流照看褐色火种
我们是城市人
也不过是一人开灯,等另一人回

等一只猫言语

藏在麦田里仰望天空的
不是什么会作画的才子
是一只不会言语的猫
我抱它回家
蘸取井水擦拭它双眼
它将我的胸脯当成山脉,在上面跳跃
后来,它爬上屋顶
继续仰望天空,像一位痴子
为了追随
——那些闪烁其词的黑影
它踩遍村庄的屋顶
面对它
造物主赐我的言语,也无能为力
我挥舞手臂,露出自己喘息的心脏
唤它回。可它再也不回
在深夜,瓦片发出异响时
一个女人,在等一只猫与她言语

肉店隔壁是花店

花店的名字叫中世纪之美
主理人是男人
留寸头,银色戒指戴在小指
隔壁肉店,一头牛刚上绞刑架
我要,为孩子去争三斤最好的牛上脑
我要,买一束红玫瑰带回家
当我将两种鲜红放在后座
中世纪的比例之美和超越之美
是否已经呈现
如果,是宿命论里的鲜红,站在我心
也让我,割破手指
用一滴血弥补一个元神的痛
三天之后,那玫瑰枯萎
红也将死。一个母亲,艰难
站在模糊的呼吸界限,挑选肉与花
主理人,至今无言
他在一阵阵的剁骨喧嚣里
安静冲洗尤加利叶子
他梦里牛奔跑在海,我诗里花开在沙漠

蓝色将至

河流没有大限,我有
在绿中寻找蓝
在逐渐凝固的铁水里,寻找柔软
我是雀跃的,我是沉默的
色彩的大限是蓝色,蓝色将至
你将至。当我闯入蓝色,却无法找到你
世俗的人不爱我,你的居所
有瀑布如马。我的暗夜,行星轨迹不明
蓝色将至,寒露催生我的第一根白发
自始至终,我寻求一种节奏。对你来说
三秒间奏,过于冗长。对风的礼赞
不能多。对山的敬仰,不能少
你在蓝色里浅吟低唱的生活教条
谁能做到。蜜蜂和金盏花做不到
造一座蓝色高山,捏出蓝色小人
他啼哭的泪珠也是蓝色。爱上蓝色
爱上你在蓝色里隐没的最后一刻

让秘密重生

我有个朋友,叫秘密
昨夜死了,且没有死得其所
我母亲早就告诉我:
知识与经验,阻止不了季节变冷
所以,死了的
任它在叶子背面腐烂,而我
应当在月晕中忘却自己
我珍贵的朋友死了
嘴和嘴再无相告,多么空
重构秘密轮廓,在其中放入脸蛋和痣
随即宣称:流言之火,是那有痣之士点的!
叫秘密活过来
于新的猜测、聒噪和疯狂中现形
过去,我们相互影响
现今,石窟里,旧秘密向主人讨一盏灯
谁才是主人,告密者还是在逃者
目及南方花园或西部旷野
遍野的蒲公英也死了,枯烂的种子
新秘密般粘在我脚踝。我母亲早就告诉我:

找不到时,就去望一片海
是望一种绝情,伪装成海的女儿般手腕洁白
背离的人,那白色的人,船是黑色
他有一百艘船,乌鸦般向我驶来
而我的崭新之秘,已有脉搏
浪卷不走,他再难带走

孤独交响曲

十万种孤独的声音交织在旷野

它们独自歌唱,各有命运

却同时渐强渐弱。在明晰的复调里

交响曲诞生了

在乡村奏响,在城市奏响

在女人的子宫奏响

雪白的娃娃出来了,他是小勇士

虽然,他的额头和脚趾孤独

他喊妈妈的声音也孤独

但他是勇士。在极黑中

他完成了自体塑造。他是孤独的儿子

却不是孤独的奴隶。长大后

周游世界,有些门不为他敞开

山川的一部分也隐而不见

于雪水中跛行,流血的鹿是他坐骑

勇士,我不够均匀的呼吸声

也是孤独之音的一种

天让我们孤独,天意如此

地表热闹非凡,没有嘴巴的树也在和音
无尽乐章是众生软床
他含笑入睡,他脸似朝阳,却以孤独为生

望深秋

不敢看深秋的眼睛
她的颌骨,是枝丫上最后一只红果
不敢看那双眼睛,很久很久了
不怨远方忧音
是我决定忘记,忘记落日下维稳的将军
我不敢
不敢坠入深秋对岸——那激烈的狂喜
当一人脚踩银杏果穿上
有另一人躲在棕榈后脱去
我不能抵达南北末端
十个太阳给了海,十个月亮阻止不了霜
你敢不敢,直视深秋的眼睛
让心,接受一束金光的审判
蓝烟缕缕,人形蝴蝶扭着腰肢分离骨与肉
这湖底的沉默闹剧,这季节的缜密轮回
令你我,如叶片在湖畔萎缩失忆
我不敢,看深秋的眼眸
她无泪有伤,她在明白中继续赶路

往事轮廓

我的言,洁白,没有意义
叙述中,他的咖啡不间断续杯
往事的轮廓,迷狂不失真
过度的音乐,冲散家园
叙述中,我们模仿空谷鸟鸣
将逝去的拥抱再次点燃,放置桌角
余温,上个世纪的浪漫
绕游在心碎的咖啡屋
我们再无主题曲,只有亟待分解的光
不要续杯了,走出诗人缔造的国
他的问题古怪,我的答案古老
缀满文明的废墟
正等两个合适的人,重塑绝望
安静下来,安静显露往事的轮廓
没有唾液的海岸线上,蜜糖消融,诗句生成
你的过去是紫色,你的过去是金色
你过去中的我,是黑色
你过去中的我,愚蠢且无依

碰杯,最后一次盛赞一个愚蠢的女人
她博学的唇紧闭,她诗人般的裙摆沉重
她和他脱下故事,裸体陷入另一场文明的开端

夜玫瑰

夜是记忆,玫瑰是梦境
心灵悲剧,在两者的连接处诞生
请书生一笔勾出人间暗影
夜和玫瑰,藏于马车,驰骋在幽蓝
一路颠簸,一路颠簸

夜玫瑰已走
谁还留在旷野,与我等消遣光阴
空留斑斓日光,照拂将出世的婴孩
该怎样答复一双天真眼睛

夜玫瑰已走
失去记忆与梦境的肉身
每一秒都在真切体会现实的逼真
女孩隆起的胸部,如此真实
你爱上一个女孩隆起的胸部,如此真实
夜玫瑰已走
再没有余温从手心蔓延
你摸过的一片叶,它掉落
你拂过的水,瞬间冷却

法度

落下天空的法度
灌溉田野,纸张飞扬
禾苗,初次看见云层之上的秩序——
那里生长不分季节,没有队形,无耕犁
而你我之间尚存的法度,在夏末
如鱼苗,被吸进水泵
默默完成此河到彼河的逾越
破立在法度之间,归顺在法度之外
屏息于空间的混乱感中
摸黑闯进迷雾,并过量饮酒
醉,是最奏效最愚蠢的
与你作对的方式。落下天空的法度
你的田野,冬未至已白雪纷飞
喝下用法度酿的酒,禾苗烂醉,迎风起舞
我也,在你面前起舞
你看我的手,你看我的脸
你看到的一切,却是因为法度,正在模糊

雪蛇

雪蛇游至夏夜就消失了
雪蛇游进雪里就不见了
爱上一条雪做的蛇
就不能再添一盏灯
一切恍若多余,唯有冰制钻石
紧紧圈在无名指
由于我们的爱恋过于火热
世界因此一直冷
绿叶与红果,在零度,如此新鲜
吃掉它们,吃掉天地界线
吃掉水的柔软,我们在零度,双双
抛弃生命哲理。相拥一千个日夜后
有位女子,衣着透明,举火把靠近我们
她说她也爱一条雪蛇
她说了一千个日夜,直至某个黎明
光线如瀑,我们身子变软
全部化入河流

写给海子

你这有故事的人
此刻竟不饮酒
今夜,无星有雨
你就要走
请不要急走,带上
我心中平铺之雪
对塔吊进行人道主义擦拭
捧起我腹腔之雪
在一头棕熊的身躯用力摩挲
模糊它红色獠牙
赦免它,赐它静谧睡眠
当仰望你做这些
我即大病初愈
今日,工厂无烟
你又要走
藏匿伤痕的足迹
在往返中追寻凝结之义
结局已有,它晦涩且无尽
不想,旋开案头孤灯

不敢，挤出三五字胡诌迷惘
夜风狂，酒杯倒置
我对一个你的永世追捧
不如你浩浩荡荡走进一场白
请带上
这——连夜编制的廉价咏叹调
它会是你包袱里最轻的修辞

永生

我们会消失
想念我们的人会消失
腐败花瓣,嵌入泥缝
阐述一场"不存在"的旅行
已知苦难与未知恐惧,在强光下
通透如刚咽下的苹果
嘴角悬挂的烟蒂与溅满汤渍的袖口
是来过的证据。当地球自转一圈后
溢出的黄褐斑,在新月里
继续往外晕染
我们会消失。如果时刻记住这一点
就会早一点道歉
也不会与某颗灵魂互相拘谨二十年
仰望,立于城市之外的陋室
笑着望一片瓦爬到天空
等蜻蜓缠绕夕阳,等一个小婴儿出生
他绝对,不走我们走过的路
沼泽般的饼太酥,一咬就碎
令他吃得狼狈

他软弱时,无限软弱

他站起来后,一口吞下时间

然后,代替穷途末路的人——永生

归来

从废墟夹层,
提取日渐模糊的光明,
这唯一的细弱的光,
拧成一股枯井的意念,
或青烟,划过人和兽的前额,
徐徐,摇摇,直达天际。
在火里,锻造我骨骼,
那眼球攥干水分,
那心,那无法得到的睡眠,
那从上个世纪就决定不融化的雪,
浸在炮声,坚硬如隔夜馒头。
我爱这世界,当我消失,
残留发梢,仍坚持挠一挠婴儿脚丫。
等你,用最后一车甜酒,
倾泻山顶,赐我烈日般的沐浴,
漫天五彩气泡,已为故乡披上华服,
我怎能不流着泪爱——爱这壮丽死亡。
今夜,安魂曲,谁在谱写?
烟鬼和酒鬼,来不及改掉陋习,

已踏上星空之旅。
请鼓励我,让我继续爱,
——爱这腔调满满的人间。
请教会一棵橡树,
当它面对一条温顺的蛇,
也要保持十只鹰的克制。
当晚风,看着鱼儿跳出水面,
哼唱一首歌,正是他——归来之时。

光阴流逝

当一个字,落在白纸

如同一粒纽扣,缝在袖口

穿上这件点缀过的衬衣,在夜空行走

心口,渐渐滋长理不出的光明

我知道聪明的你,擅于奔跑,也擅于种植

但无论如何

你也并不能对一棵晚桂施以法术

久违的香,叫人多等一个钟头

你我寿命,便少去一些

今夜,闷热节奏爬上云端,那么骄傲

抬头看,高挂在人间的月

叫百花忘记春日

离阴影一步之外,是萧瑟城池

那里矗立蔽日的古樟树

和一位不会呢喃的少年

他怀中传来的手鼓声,密集又响亮

震碎了隔世谎言

我爱的,我爱的月

骑着大鱼在云浪里奔走

驮着一世的酸楚
为苦难的人觅得几次嘴角上扬
我爱的，我爱的那些形态
是柿子林里快要凝结的霜
偶然间，偶然间
就是这样的一轮月
惨白如逝去的今夜
惨白呈现一轮悲伤的月

飞鸟止步于树梢

最爱的那盏灯熄灭了。在炫目的日照下，
一盏灯，隐没得不露痕迹。
疲惫的人，于黑夜归家，
"只想要那一束光。"呐喊过后，
就蜷缩在沙发狠狠想母亲。
与母亲仅隔一条河，
清早，她走上一座桥，只看一眼河水，
便来拉开我窗帘。
好想母亲，每一个夜晚，
期待星星快点淡出天际，
母亲就可早一点来。
她轻轻开门，我装作不醒。
只有一瞬间，飞鸟止步于树梢，
只有那一刻，才能活成婴儿。
当孩子放学归来，我端出热菜，
一个母亲对另一个母亲的想念，
到达顶峰。
母亲也想我，我知道，她也想我。

她想一个婴儿做的母亲，
她想一滴回忆里的水。
在时光的容器里，两个母亲各有各的皱纹。

温泉

从我身上流过的河,渐渐奔向无妄海
骨骼般的石片
望着身旁的水草枯萎
在曝晒下,在明镜高悬的厅堂里
很多个我,远走高飞
有些事物,至今不明朗
无缘由的际遇和响当当的伐木声
依旧在电影序章里展演
我和你,如同某一座死火山下的温泉
滚烫着山脚的村落
那些络绎不绝的人啊
将双脚浸入我们
随后,他们发生我们发生过的
就连那故事的气味和眼角的泪痕
都一模一样
当雷电,放弃平铺直叙
当它不偏不倚,击中一朵罂粟
那些花儿蝶儿的翩翩
无疑是一名过路诗者造出的一个词

从云端到崖底,我们联袂献出的——
这一捧沐浴圣水,只能在躯体外围转啊转
永不能进入宇宙的喉

丢失的乡

在日落时,想起——
两间瓦房之间的光
它可容入侵者任意触摸,任意栖息
山谷以南,来了很多人
渐渐,他们生育,他们伐木和垂钓
并牵出几丝细弱的光
将寻路人凹陷的鼻梁拉直

我时常想起一颗白炽灯泡——
它悬停于水缸上空
几只蛾,绕啊,绕啊
当眼球又一次浸在水中,才觉虚妄以新的外衣
包裹住了幼年乡音
铁门和狗拴在一起太久了
乡愁,在我们怜惜的一束光里斑驳

不能回首的人
会去庙宇,向僧侣和雕像讨一种无悔
某条迂回的路,窄得只容下蚂蚁

而恍惚在大厦顶层的多少个你我
拧开了床头灯、地灯和天花板上所有的灯
于一场梦里,哄骗自己回到了故乡

第二辑 日月同辉

孤悬

当我晨起，端茶杵在阳台
对楼的棉被已挂在天空
那是洁白的温柔乡
随风飘，又飘不走
当我晨起，总杵在阳台
看离太阳很近的棉被，悬停宇宙
我像担心我的孩子一样担心它们
雨，梦一样的泪滴，此刻对立
过分的日照也不行
风，那狂风更是林间不懂疾苦的狐
我在一个因果不明的清晨
起身看一间屋子点灯
有年轻男子在曙光没来时
抱出被子晾晒
他匆匆背包出门
只剩一床棉被做成的乖孩子——
迎风孤悬

建筑师

他有心肠,弯弯绕绕
他建了一架索桥,笔直入山

请在我心,刨出沙漠
那里泪如汪洋,那里有我的诗歌缓慢且沉默

伟大的他和一把铁锹
和在灰色的泥水里
露出他失去血色的眼啊
抬头啊,看金色天空,铁鸟横行

怎能,怪一个无辜的他
他泣血,他画图
新的隧道,连向海岛
带我进山,疯狂闯入一座山之腹
掏出一只猴子
教它——也来赞美建筑师

葡萄串

紫罗兰色的葡萄串
是先知赐予狩猎者的一种生锈甜蜜

猎人途中歇息
累了,拿月光洗脸
饿了,吃发光的葡萄串

他们吐出十八粒葡萄籽
沿路埋上
来世,还走这条路
还要长眠在葡萄藤下
墓志铭般的咒语,无法打破

枪口下
刺猬和浣熊闭不上眼
火堆上
串起肉块哺育孩子
灰色,蓝色,棕色的眼球停止转动
那是静止的葡萄串,滚落在了狩猎之路

猎人问

将每条蛇揉进脸上的褶皱
带回。将狼敲死,
像拖着一只羊
与大地进行最后吻别

几株藿香对猎人的步伐早已熟悉
它们要每天努力发紫
对抗枪声
以示整个丛林还存留些许呼吸

猎人,今夜蹲守在野兔窝
质问毛茸茸的它们:怎么能够富有
是逮一只野猪,再逮一只野猪吗?

没有答案,也达不成任何共识
猎人的妻子用皮毛做了围脖
猎人的孩子吃了肉

还留一些残骸
倒给树、蚂蚁和北风

神说

一个开店的和另一个开店的
做不成朋友
他们用茶叶交换酒
用被褥交换油灯
他们做不成朋友
不是我说的
是神说的
神是一只很饿的狗
神是一片摊开手掌的梧桐叶
神是静默太久的垃圾桶
神是一个开店的和另一个开店的
他们说：他们做不成朋友

无声买卖

当石碑、老人、屋顶和红花，
汇聚在一起，你再也无法确认生命虚实。
他们就这样浅浅地，挤在时空，
无声又巨大，任由我们赋予名姓和赐予真理。
我的后半生，是否将为此番不明的孤绝
付出或明或暗的代价。
几年的缄默，难道还不够久，
足以掩盖幼年的口无遮拦。
同行者，踩的是大地，痛的是蚂蚁，
他们看看，走走，摸摸木门的沟壑，
再无言。
但有人学会了某种眼神技法。
在古街，佛像有铜制和木制，
而僧侣，用眼睛选了石制的。
自始至终，我没听到言语，
一桩从庙宇蔓延至凡人寒舍的买卖，
如失声巨轮，缓慢靠岸。
在捂住口鼻的岁月里，请说点什么吧，
黑暗里，我看不见漂亮唇语。

请说点什么吧，恳求你，
说新娘渡河的故事，
就在我枕边，说出一切虚无，
哄我入睡。

矛盾乡野

没有颜色没有光亮的劳作，
在田埂，日日呼唤城中青年。
野莓苏醒，它是辽阔天界里唯一红星，
也是沉重的生命意念，烙在大地眉间。
"再为你种一棵树"
这搁浅在寂寞乡土的诺言，如白旗，
已向远行的不归人服输。
那些车，来时空空，
走时，装满蔬菜。
再来时，依旧空空，
然后装满。先进的人儿，
迷惘于矛盾大浪。
他们累了，回乡看看水和鸭子，
他们闷了，去城里喝咖啡。
在时光和曙光必经的彼岸，
两地分离的星星——我们，
将思想倾注于高塔，将音乐抛弃在矛盾乡野。

日月同辉

我在一个秋天
生了一个孩子
又在另一个秋天
生了另一个孩子

接下来
一轮明月和一枚太阳
同时依偎一颗地球

陆地上,星星点点的我
白昼里缝制公主礼服
皓月下磨亮王子宝剑
春天闯进森林,辨别昆虫羽翼
夏天钻进海洋,和鱼说话
伟岸船舰,是否装有炮火,我们要知道
灯塔在海平面为谁眨眼,我们要懂得

满柜子书籍,几把平底锅
我们仅用这些
努力让日月同辉

屋顶

我住十三层
我没有屋顶

我逝去的爷爷
曾用稻草白浆糊了一间屋子
他有很大的屋顶
他的狗，他的鸭子，有各自的屋顶

十四层的男孩弹琴，女孩练舞
咚咚的脚步声是我的屋顶

我离一株小草很远
当我慌忙赶下楼
露水已干，鸟群已散

天空遥遥
一个男孩和一个女孩
要在十五层成婚
他们，也没有屋顶

放羊的男孩

白玫瑰是他,他是牧者,迎着风
种下亿万个自己。山坡上
羊群被刺戳伤嘴巴
它们踏着无尽的白,奔跑成云朵
种下白,叫世界落雪,只需一个夜
欲念不再重组,此刻
我们舌头出血,失去了嘴巴
金黄成白,青绿也成白
放羊的男孩,要去天空找母亲
我们举灯,目送他飞升
种下白,从白玫瑰长成一只会飞的羊
只需一个夜。还有几座山头
是地球最空的部分。还有没有放羊的男孩
从出生就没见过母亲。认一朵白玫瑰做母亲
认一只羊做父亲。在两种白之间
长成故作成年的模样

掌舵者

新年来了
不问丈夫,有关账目的事
今夜,只想载他沿河数星

每次出门,他掌舵
他双眼盯着蜿蜒公路
欢腾,留给后排
高山环绕,孩子沿路起新名
有一座山,唤为"爸爸山"

途中,他打转向灯,加速
所有动作,与风景无关
今夜,由我
带他追逐月光

他检查我的安全带
"前面右转,注意绿岛……"
掌舵者是我,可那些迷人灯光
依旧,与他无关

蜂

一只小蜂,像我的爱
执着于木制的窗,绕了百宿。
进不来,看不到一滴蓝色之血,
谁,在玩命般偷尝孤绝。
我问它,是否闻到彼国硝烟,
没有另一只小蜂回答。
它撞啊撞,玻璃窗面开始浑浊,
遗言是:《瓦尔登湖》里有七叶树,
请我去寻找。
它撞啊撞,成为效忠的旗帜。
我的挚爱,我的士兵,在战场绕啊绕,
等最后一滴红色之蜜,浸湿胸膛,
我的蜂,我的士兵,他拔出剑,
扯掉一位妻子脖间的金链,
要藏好,要带回去,
要给另一个还在睡梦里的妻子戴上。

醉酒父亲

他喝酒了。他回来了。他睡了。
今日,在美学的洞见里,
死亡了一批星星。
熟透了的形容词,被不同的归途者认领。

没有晚安之吻,他用鼾声拥抱她。
烈酒穿过冰冷容器,灌满血管交织的船舱
他被浸润。胡须在夜间如青草滋生,
而枕边的洁白小兔,已枕露水而眠。

醉酒父亲的泪,在进门前已风干。
路灯歪了,院子走了,楼房在摇晃。
他们不按门铃,他们颤抖着找钥匙。
找出一个女人的身影,站在风里等。
他们关门,踮着脚走。

父亲们,再次喝醉了。
月光掀不开酒红色窗帘,
孩子,已闭上眼。

奶酪在清晨，溶化宿醉的心，
面包机炮制出一座松软雪山，
他们撕一小口，撕一小口，
塞进嘴里。

微醺女人

我们用一顿饭的时间交换故事
有人阐述死亡
并展示了肩胛骨的钢钉
有人说长寿秘诀是——
远离男人

有人说独库公路很美很危险
要至少五个人同行
七八只龙虾在手里撕裂后
心内的五个友人名额终未满

更有甚者,想在凌晨三点
用棉被捂死枕边不洗澡的男人

一瓶红酒和两瓶米酒,混着喝
醉酒女人们,宛如数枚不敢红的鸭蛋黄
九点时针,瞄准心尖
她们说:散了散了
有个死鬼等着要熨衬衫

大厨和我

一盘剥落红颜的上汤苋菜
吸走大厨的传世技艺
每一场嫩绿的品尝背后
藏掖对腐朽的畏惧和惊悚
我不敢掀开他白又高耸的帽子
他将一盏盏对着畜类鸣笛的油灯
藏于乌黑头发林

他不流泪,我不流泪
在一座工厂里
炮制软弱,逼迫一块肉坚硬
在黑暗管道口
我们目送不同气味的炊烟归隐
我们有时微笑,并轻点头颅
将一盘流干血的上汤苋菜
送至云梯,看它在险峻雾霾里毁灭月光
很多人,一再地来
一再地拨弄断肢的、酱油浸润的唯美
很多的他们比我们更疼痛

有人遗留一盒黑茶,叮嘱我放进冻库
下一次,那要回的熟稔动作
就像把心脏落在了案板

守林人

想拉直炊烟的人
将房子建在山顶,堂前支三顶帐篷
一间堆满马铃薯,一间摆放木柴
空出一间,留给土拨鼠

从不下山
没有领带和皮鞋
像没有妻子那样简单
南边的风,从左耳吹入灌木丛
撞到猫儿刺,指尖冒血
就像母亲揪了下耳
"那种感觉啊,好像一团雪,在掌心发热"
他第五次这样描述

亮堂堂的远方,是平原
与山顶隔着一世等待
当捕蛇者,头顶探照灯
从八方闯入山林
他以为是鹿驮着一沓信,替某个女人寻他

没再见过他
他的死，如妇人拔了一截笋
几只蝈蝈嬉闹时，一场雨
顷刻灭了山顶的灯

大货车

大货车，有表情
转弯时，不打灯
蔑视一辆扁扁的迈凯伦

大货车里的人，无表情
有两个人，轮流掌舵
一个吃完泡面，忘记擦嘴
一个替瞌睡的人，拭口水

大货车，爬上一条灰色巨龙的脊背
驮着土豆，洋葱和玉米，沿河寻妻子

高跷渔夫[①]

当我还在沉睡

有人已在太平洋某个海域

钓起一整颗地球

海风灰暗,长长睫毛被吹翻

他虚闭着眼,一日一日过滤层叠的涌动

一名合格的高跷渔夫

心中不能有沙漠和女孩

只端坐在白浪里,直视星辰

海鲸是马,礁石为爱

一整天,钓不到一条大鱼

从此,巨浪无罪

我有罪

有罪于面对整个太平洋

把生命献给一场钓不到的虚无

[①] "高跷渔夫"是斯里兰卡的特色景观。据说以前买不起船的渔民在浅海处竖起一根根简易木架,人就端坐或者站在木架上,手持渔竿等待鱼上钩,远远望去垂钓者像踩着高跷,因而被称为"高跷渔夫"。

有罪于山歌嘹亮
雨林的猫穿上了华服,他还不知
放竿,收竿,日出,日落

而我身在内陆
怎么也成了一名高跷渔夫

黑色女史

你迷人灵魂遁隐何处
我急于网住你身影
在不长蘑菇的青草地
有一滴蛇毒
掉入我晦暗瞳孔
至此,白日里,我看不清万物
迷离镜像,错当青色山脉
当浑浊在夜晚褪去
偷渡到月球的蛾,佯装成蝶
浮在我眼球,并骤然死去
我一次、两次,被这滴黑色真理拯救
粉紫色喇叭花,从你床沿
倾泻至我床幔
从一位高贵女史的壁橱飘出的
——与海洋、星辰有关的辽阔
安慰着湿冷雨季
我想给你一支笔,或是一枚绿戒指
但不如
将我的胆肝肺给你

将枕下的梅花簪给你
你全部带走。仅让我落一滴泪在你酒盅
仅面对面漂浮在透明之海
等鱼从你身体穿过我身体

南方女人

三个月前,南方女人尚在茧中
蚀夜蛾在幼年,已深懂——
如何吸附花茎存活。今早,烈日直抵胸口
蔷薇盛放,女人穿上裙子
低下头的,是众多花苞里
最努力的一朵
花蕊似漩涡,如舞者,贴在滚烫墙壁
甄别人类给予的多重诠释
花园的音乐来自打草机
轰轰隆隆,节奏之下,地面清爽
一瓣一瓣,剥落
是什么
要席卷苍天下的一抹青
这不可多得的裙摆
还能存活于目光多久
极度沸腾里,蚊虫复活
骄阳直抵灵魂
一群女人,无惧所有
脱掉外套,穿裙子

清透的踝,挂着晨间露珠
叮叮当当,像是光年有序排列的声响
你会永远惊叹,在柚子成熟的季节
潇洒的穿裙女人,打翻了一坛子的灰尘

母亲

母亲打着吊瓶,像举着烛火,
她缓缓从流水旁走过,
液体般的光,照得几只幼年蜻蜓瞬间长大。
她的哼唱声和着蛙鸣
划破桑树林的阴影,通透在夜空。
她病了。凉意,一滴一滴渗进手腕
像井水漫至脖颈。
这么多年来,我所谓的苦,全部铺开,
也比不过几滴药水沉重。
高高在上的水啊,
也应到我身体里来。
不要给纤弱母亲塞满元素,
她的孩啊,愿意贡献血管充盈的躯体,
跟着病一场。
在一张狭小病床上,相拥
聊菜瓜蛇和蟾蜍的命运。
且让她安心睡。两个女人脸贴脸,
彻夜许诺——来世的相遇。

梦游

夜晚降临,我们都有做梦的权利
我的梦,不比一只猫的梦高贵
它在睡梦里舔完毛发,又转身舔我的头发
惊醒了,青色灰尘与艰涩文字
缠绕在舌苔,它拼命吐出发丝
瞳孔发绿,质问一种人间滋味
是太苦了,太酸了?
没等回答,它又闭眼了
猫睡着后,我奶奶也梦游了
她推开我房门,双手捧一颗慈姑
问:你爷爷的头骨怎么小成了这样?
她连续问我三遍。而一九九六年的冬天,漫天飞雪
她双手刨出血,用力埋爷爷的头骨
我抚摸慈姑,回:爷爷老了,头自然变小了
等天一亮,我们就去埋上
真的不想天亮
只是,篝火太旺,而今夜不够长

风信子入城记

为了看一眼霓虹
蹚过四条大河,好辛苦
事到如今,我的一颗心还能完整
风知道有多不易
清楚记得,那日暴风刚低下头颅
山坡上的一株风信子
倚着一根天线,听到了世界名曲
一位清丽女教师,正骑马赶来
她将赐予乡野荒木——城市的灵感
此后,城乡交融,盛大且持久
少年变成长者,宛如铜钟
端坐于空中花园
他们用瓶子收集天赐之水
浇灌阳台的菊花脑
掐掉蕊芽,与蛋花搅拌,哺育后辈
由此,身披华服的孩子
终没能忘记这古老的清火之物
一株风信子,脚步轻轻,将夜晚喊亮
繁华,在肩膀只不过停留一秒
还想回到,回到那山坡上

城市树洞

在城市黄昏变得稀薄之前
请你证明一位擅闯者或一位安家者的身份
披风已旧,剑鞘不紧
一只野兽,在经验和想象之间
跋涉了数年。而被晚风奴役的夜行者
誓要在异乡闯出胜利模样
十八岁的天空与三十五岁的大地
连成了无意识之海
当我喜于海水泛出的星光
我父我母所赐的躯体
也因离光太近,倍感灼热,发出嘶鸣
灵魂夜夜进入新阶段
旧日里,曾主宰心脏的小酒小情
如何酝酿才成佳酿
鸟儿飞着,蚯蚓躺着,我站着
我们,均无缜密逻辑与完美说辞
几朵云结伴造雨,亦如我们集体劳作
青年的颌骨,组成有严格比例的雕塑
眼球无黑线笔勾勒,神情依旧准确

但是，谁不惧怕莎乐美呢
那些悬挂在暗夜，一闪一闪的
看起来又很像家的城市树洞
真的无比温暖，又无比危险

拾荒者

我说，我爱这晚间的光，
有人正要登上教堂的塔楼，熄灭那光，
他说，灯光把拾荒者照得太明白
女孩们的眼线，就要晕染开来，
在她们匆匆赶回家的那一刻，
大片稻穗在黑夜，涌出白浆，
那是拾荒者们圣洁的牛奶。
他们素颜，与蝌蚪共浴一池水，
他们中有一家四口，
在一九九六年的田间，与我对视。
从此，我的心口多了几幅肖像，
那谷穗磨牙的碎响，令幼年的耳骨碎裂。
第一次体悟他者之痛。
在沉闷的雷雨来临之前，有个小孩，
打翻了油瓶，偷了四个苹果和一袋白糖，
返回谷地。他们不见了。

九月之深

深情的深与深渊的深
在九月的最后一个夜晚,能否混用
我推开窗
请求北方的一只乌鸦轻轻飞
它最好不要鸣叫,不要闯入熊的腹地
如果,阻止不了这趟寻觅
就让无心之风截一段钵音的前奏,淹没我
淹没那深不见底的结果
灯光蔓延之处,奔波的人用不起一个深字
淹没我,这情绪之城
四个轮子的铁框里端坐着红色心脏
转呀,乌鸦飞呀
就在九月,在一枚渐变的树叶里
亲见深秋贡献所有

第三辑 捕捉神鸟

艺术家

献出一万个白昼
在中世纪的翡冷翠漂泊
布满街头的艺术要领,也张贴在了我额头
思想泛着白光,夜晚也在发白
艺术家等同失眠家
向美蒂奇家族讨来一些安眠药
服下——这由乌鸦之羽炼成的黑药丸后
我们,常在日落后穿行
要选择那样的一种夜,它藏于疏林尽头
天上没有一颗星,偶听几声啼鸣
我们在此,来回穿行
脖颈红珠宝与金色指甲盖,让它们就地暗淡
我早就决定——拿黑夜将自己染黑
以朴素的方法责令灵魂下沉。我的船
我的海洋,不应再是白色
从山顶倾泻而下的极黑,抑制着——
体内的烛。它仍想发亮,按住它
让它缓慢忘记绽放的调性
翡冷翠太远。我们于黑夜一遍遍穿行

露水也成黑色。湿漉漉地走出清晨
来到湖岸，低头仍看见通体光亮的自我
学不会，学不会黑的本领
唯见几只乌鸦——
将亿万层黑夜穿在身的飞鸟
嚼着浆果与腐肉，于腹中锤炼一切光明
它们以艺术家之名，修正着微风里拙劣的
一切关于欲的响动与飘摇

栅栏与玫瑰

夜的风,夜的风

清冷如冰,在额头的朱砂痣里丢弃一个吻

唇印,无法识别

听!陆地上,"轰轰隆隆",百头犀牛踏平心脏

成群的巨齿鲨拥入不明水域

撕裂坠落的后背——肌肉粘连的部分

臂膀和臀部,分离于红色漩涡

有幸!还剩十个指关节,紧扣成栅栏

它们挣脱船桨

掐着一根海草误作玫瑰,疯狂地舞

如他抱我激烈地吻

一枝要被铁栅栏烫死的玫瑰

等来一个世纪以后的舌的温润

插进土里的尖锐,暗含咒语和石蜡的固化

在千年的钟鼓声中

无丝毫进化。它们身姿未动

俘获各路奇香

匍匐路过的人类和虫类

对于一种新的轮廓的美的配比

投以嫩绿期许后,又无尽消沉

大树狂妄,云朵快活,一只鬣狗追逐一只鬣狗

从发紫的玫瑰林中逾越竖格子的凌迟

恩典,一种高尚的"栅栏"恩典

克制于连绵的血样的馥郁

鹿在奔驰,海岸线的男人们赤膊,围成栅栏

胁迫星球上所有高耸的器物

以抵挡轮回的玫瑰海啸

鸟与诗歌

有使者背着羽毛做的笔
在我的手臂游历
纤弱汗毛立起,漫长的躯体丛林
即将吞噬细胞里的鸟与诗歌
鸟与诗歌
骑在蜈蚣模样的风筝上,可怜一片陆地
风卷起黑沙,掀开裹满辞藻的床帷
我失去语言的故乡,我照看着——
七个母音诞下的婴儿
搂着他们于摇篮颠簸
谁,在山的另一面
代替我哭,代替我追问山崖的落雨
和抚慰无法孵化的凤凰
伟大的诗歌神灵,浸入盅,扩散酒液之光
鸟
飞进我衣襟
滚落的诗歌羽毛
披在瓦房里啜饮井水的孤绝裸体
鸟

叼着月光曲
麻醉我们喝掉来自极黑之处的水
待发的浮游生物,已抵达喉部

若爱在弥留之际

眼睛不是眼睛
两颗滚动的星球
沿他的发际线,游历一回
航线已凿刻在血管
没有降落伞
偏航后,掉入巨大的物质层
跟不能发光的陨石激撞
我知道,他爱我。
爱一颗陷入黑洞不可抽身的蓝色星球
如同空气掺杂的水分
湿润大象的鼻孔
又干涸着整片东南亚水域
我爱他。
水草和鲸鱼,知道我爱他
爱意坚忍,毋苟合身躯和屋顶的广度
彼此的血液里,容得下几百条鲨鱼
越血腥,越残忍
于是拼命造血
山谷里的野苋菜,一哭

红遍整个村庄。直至时光冻结,到不能再爱
紫红色的残缺,在弥留之际,也会嚼碎
在胃的上部有心脏和肺
绝不允许被污染
亲爱的。我睡眠不足。我手臂发麻
入棺的前一秒,我也要保持容颜素净
不贪恋世间最后一口浊气
在百年后的清晨,若爱在弥留之际
请你握一把土
埋葬我。亲手将耀眼的清纯交给长眠的晦暗

随爱远行

面对一只有意缓飞的海鸥
我是多么笨拙
它叼着几根发丝
想带我远行
可我,竟一刻不敢涉猎它遗留的诗意
无数个国度里,肤色在月光下无差别
地平线的最外围,包裹一层黏稠海水
我的心,打开之前
或者说,我们在相爱之前
那些死去的人,已诠释了孤独和灰烬
很多明媚耀眼的火
在一处弄堂的灯笼周围,左右顾盼
它们悬挂在水杉的末枝
隔着一层红色绒布
互相领略彼此的幽怨光感
就算太阳跑至跟前,黑暗也会如期抵达
相爱之后的事,乌鸦和仓鼠早已历经
在爱情里,活下来的人
多半是喝了比蜜汁还要甜腻的药水

他们用透明的器皿、凹凸的杯子
和一把不会自动打开的伞
来左右风雨、雷电的意志
但,爱人,我不知能否这样称呼你
此番赤裸爱意,耗费了我三十年溺毙的青春
我站在一座未满十年的桥上
问你讨要十年的赞美诗
不需要风月般的修辞,连吻都不需
请轻托我的下巴
给予一个无疑眼神
那么,我终可放走掌心里汗湿的星星
让它们替我自由

宇宙大同

最后一个敌人
隐藏于山林
他的箭是绿色
能击穿老虎的头颅和我的心脏

我和一只假的森林之王
淌于血泊
第一次,人和畜不那么分明
我们用同样鲜红的血
勾勒敌人的模样
我们抓住最后一根藤条
模仿猿猴,将碎裂的躯体荡至山谷

一整条的白蚁之梯
被红色浸染
螳螂和蝉,忘了如何称呼对方
一支又一支虫类队伍
汇入翻滚的血肉河流
站的,飞的,跳的

都睡了,此刻都睡了
在敌人赐予的尖锐的绿色腐朽里
进化出相同的孤寒眼眸
就像这样:老虎抱着我,我抱着一只蚱蜢

蝈蝈

在我们来来回回的叙述中,
一群闯入的蝈蝈,
彻底打败人类。
它们如此快活并轻易地成为语言的先知,
那复调般的奏鸣曲,
让抽烟的男子,掐断冗长火焰,
也会让挑水的妇人,短暂忘记芋苗的饥渴。
你能不能欣赏这一段神作之曲,
它们并不在乎。
在一次次轮回的夏中,
它们不断鸣响田野之趣,而那单一的曲谱,
也不会贡献给宇宙。
如果他们死在冬季,声音也终止于冰上。
窗外的蝈蝈,或是敲鼓的将军,
尘世雌雄之音,绵绵,有十八道弯,
这几只古怪聪明的虫,
却在夏末又如僧,敲几声木鱼,
道尽了三世的情。

橘子海

松树、橡树和榛树穿插于森林
林间路,开满蓝色小花
林间路,前后左右,都到不了家
能否遇到一次好的转弯,直接通往——
橘子海。古堡遗迹,匍匐在溪流两岸
如鹰失掉翅膀,脊背爬满了鼠与猴
因过于触目,我所坚持的某种向往
在寻橘子海未果后,摇摆不定
累了,决意裸睡于此。蕨类植物次第出现
它们没有名姓,擅闯者也是无名氏
让我白描清晨的可见之美——
满目山羊,毛色洁白,高山明晰,无笼罩之物
让我看清一只鹰的爪钩——
它紧握的红物,是不是我丢失已久的心脏
橘子海,未出现,却弄酸了整片森林
来过此地的人,均化作粒粒橘籽
也有另一个我,意志坚定,闯过迷惘
生长成了智性桑果

球场

在空旷球场,在一滴汗水里
宇宙向四方滚动
雨就要来
没有观众肯离席
他们有各自的解说词,让他们说出来
说出一个球状宇宙的无所托
闹哄哄,闹哄哄啊
在偌大看台,你我并排坐
亲见,一只疲惫的球融进一滴汗水
这场神秘的,古老的滚动
引发了尖叫和推搡
闹哄哄,我的心闹哄哄
大树有地,鸟有天,你心昨日依附我心
今日,这宇宙,飘在哪里
在空旷球场,愿无辜球员真心相待
这里落雨从不撑伞
小雨落,小雨招摇,小雨洗净宇宙
静天地烦心,静我烦心

钟摆

他怎么那么需要时间。
那个女子,走了又来,
暗红的嘴唇,沾着芝麻粒。
话语,她好听的话语,铺满床。
躺下,在干净的白色床帏。
他很需要时间,去成就一个吻,
去抱起她,还给上一位男子。
她是雁,是响尾蛇,
抚弄着时间的羽毛。
她让雄性的猫,熟悉自己的体味,
那藏在指甲缝里的黑色星辰,嵌入淌汗的背部。
他们怎么那么需要时间,
仅是用来爱一个女子。
他们怎么那么需要时间,
仅是用来忘一个女子。
没有飞往海岛的契约书,
没有强盗偷戒指,
无数次拥抱后,并没有勇气诞下一枚小婴儿。
"怎么那么需要时间,那么需要"

在一座弱小的城里，有两个他，反复地问。
收到祈求的钟摆，悬挂在铁道口，
它藏于一件蓝色风衣，攥着男人的体温，
摸着黑，送走了她。

找到我

关掉手机
他们找不到我
他们不会因为想请我吃晚餐
就跑来我家找我

不用拉开窗帘
没人找我
我爱的嗓音,不会响
一串串葡萄般的电话号码,渐渐干瘪

关掉手机
不要找我,不要挖出水域里沉睡的石头
不要叫醒一只忘了打鸣的公鸡
不要嘲笑被褥里见不得光的螨虫
它们是一棵老槐树的寄托
是一位男子隐匿痛苦的巢穴

找我,请找我
像母亲揪着孩子的耳朵一样

找出滚烫的我
像牧羊人赶着羊群越过山头——归乡
找到我，给我白水和毛毯
摸一摸那泪痕，它已古老得载不动船只
找到我，抱我，抱一只失去颜色的枕头
抱这祥和夜空里的失音

胡言

连续地让梦自由
遐想是碎了的镜子
把你的身体拆分成一万只幼猫
每一只小爪,蘸着牛油果的汁水
轻挠腹部,将水岸右边的十字路口捋顺
我的臂膀,再抱不住一棵要香透了的灯台树
它素雅、高傲,那是天空需要的洁净
却不是我在一摊污水里,能够企及的宿命
有时,我拥着青蛙入眠
也不嫌弃蚯蚓沾惹泥水
那些藕,那么白。那些蛾,想飞得很高
心脏一旦静默,风是否会忌惮人间的几分痛
疯狂地吹,使劲推一列火车穿入孤苦隧道
疯狂地卷起落叶,想念的背影
被七八只鹰啄碎
如果还需摘更多草莓和樱桃,塑造粉色甜蜜
维持住一段非紫非蓝的时日
那么在荒漠上的骆驼
该怎么理解一身的颓废棕色

自始至终，我的爱，不会说话
那些白色波浪，从不守时
夹杂着灰尘和盐分，侵蚀我的脚踝
有时，贪婪地吞掉一座城池
或卷走一个没有母亲的孩子
甚至，它羡慕一位美丽新娘，冲花她的妆容
今日胡言。明日胡言
末日来临，依旧，胡言
在不能着色的光阴里，一切不可说
很快，新的鳄鱼诞生
持着恶狠狠的容颜，跟河水聊温柔
又过了两轮四季
当一枚残缺桑叶，落在掌心
我对一只蚕的罪恶，永不姑息

我的梦

我有心事
存在月光里,无法忘记
只将它安置在可勉强呼吸的临界点
有几个别样的人影
时常在梦中摇曳
他们来去自由,会隐身和潜水
在桉树叶上栖息
或钻进鸟巢,揽一枚小蛋入睡
他们说:某年,东海会枯竭一段时日
鱼虾会提早奔至深渊
海藻的胶原,会经过渔网和卡车
用力锁住老者枯竭的脸
我们在梦里相见,已不止三次
睁眼后,每一颗恒星,在夜空蹒跚
在我心的最底层,依旧是心
眼见他们坠落,比鹰勇猛
尖锐的喙,直戳血肉弥漫的海洋
浪花鲜红,扑打东海的淤泥和留下的鱼
水位升高,我见他们畅游了三日

我的梦。我时常在梦里
攒下一滴滴心头血
供养一座海

大部分的爱情

大部分的他和她,隔着一座天山
冰雪从不因一滴女人的泪,消融
双臂成冰棍,吻不到黑色岩土
很多的蓝,从最尖锐的冰川悄然流散
恰好我以为:爱,来了
我运来一火车的苹果酒
浇在北极熊的爪印里
淡淡果醋香,令深海的鱼鄙夷沉浮
要颠覆冰封的国,撕碎你的清冷
架梯,攀爬,一次次滚落
只为点醒你的酒窝,亲吻你的颌骨
愤恨和忧郁,在天山的最顶端
缠绵打结。历经数年,委屈了一片北极光
我跑上山顶。又跑下来
两个渴望触碰的人,隔了一座天山
很长的悲鸣诗,在今晚,在两地,各自落成
海豹一直充当我的爱人,它长长的胡须
丈量无际的海。有时也成舟,载着我

在暗淡天际，隐匿于一段无色光阴
而那些逃亡的蓝，渐变为粉蓝
在他身边女孩的发冠上结晶，闪耀
偶尔你望见它，活像一滴泪

旅程

城市里有老虎,丛林中有乞丐
谈论孤独的人,坐上马车,想使心意自由
他们慢慢丧失魅力
牙齿脱落,头发干涩
离开时
审视过狗的容颜
瞻仰过壁炉最后的燃烧
像浩大的仪式,以见证一种伟大的剥离
箩中橘子,肉与皮分开
一部分放入口中,撼动唯一之齿
一部分搁浅在浴室,弥盖未来之酸腐
灵与肉的旅程在即
天牛磨甲,灰烬做最后的跳跃
接下来
吉他属于我,钢琴属于你,天空属于猫
将宇宙重新划分
你可认同
或者,让河水汇于你,让大海失掉蓝
你可愿意

所有停滞的呼唤，在最终的人生里
沉默如灰
金黄蜂巢，被芒果和榴莲代替
潮湿蚁穴，想移步月球
每一粒尘埃，都攀附着人脸的重影
你我这偌大的心智宇宙
没有前后左右可言
一阵风，吹掉长在胸口十年的痣
挥马鞭，情愫被切成无关联的旧时光
马车跑，马车快跑
王，就要出发
他新的秩序，是旧城池破碎的窗棂

特赦令

他今夜烂醉
扬言——无辜的人要坐牢,犯罪的人得到释放
他放了很多人,就在今晚
那些人曾剜他的心,曾夺走他的睡眠
曾逼他与野狼争食,曾说爱他,爱他
他是王,砸碎楚楚动人的眼眸
撵走水蛇腰,赦免一把火钳

他还逮捕了几人,扔进麻袋,收紧
袋中人,即使不能呼吸也不会求救
他们借一点缝隙之光,生火煮饭
隔着枷锁狂欢、接吻
累了就睡去,不哭也不问为什么
他紧紧抱着麻袋,止不住泪流
那些身子紧挨,如松软银河
夜空挂满为什么
这些无辜的人不问也不答

雨夜忆《沉船》

可否爱，爱一夜的雨

爱海里无船

爱墙角矗立的人影

细看，是一把有补丁的黄伞

先人留下的遗物。

全是遗物：景象、风物和一只搁浅在荒漠的大象

人留给人

星球馈赠于星球

当最后一滴雨落完，罗梅西来了。

我问他：我有否资格成为卡玛娜

被送进寄宿学校

被一个爱罗梅西的女人知悉

想象自己湿发沾脸，也挡不住闪亮眼眸

胸腔灌满的海水

藏着想要续命的浮游生物

我，一个想成为卡玛娜的坚贞女人

将海水吐给滩涂上的蜗牛

它们经历一阵刺痛、痉挛

继续爬行，乖巧地做不懂月亮的蜗牛

当蜗牛再次是蜗牛
假设罗梅西深爱我
我还是卡玛娜,绝不是汉娜丽妮
走得干脆。毫不妒忌。永无猜疑
裹着罗梅西的风衣,在雨夜疾走
瓢虫交头私语,蕨类沙沙摇动
它们一直在议:有个罗梅西
捡了个假新娘——卡玛娜

致巴赫曼

亲爱的,英格堡
请恩准我
与数以万计的"蓝色的头发,蓝色的皮肤"
因你而续命
我祈求上百条电鳗,游进无火的夜
光柱,光柱勾勒出
米拉波桥下深陷的脸庞
剪去短发的女人们,拔掉戒指
打捞,打捞那途中,溺毙的风影
英格堡,我们能否"爱我所爱"
有个名字即将在燃烧的屋顶上空
明亮——碎裂。我们需要一种召唤。
像初具人形的水獭,尝尽到底的孤绝
存在,逼迫我们交出信件
言语,在麦田排列
苦闷又激进
怂恿我从苦楝树上追捕在逃的松鼠
英格堡,知道吗,昨夜
淌着泪的人,已弄湿整片玫瑰林

赤裸的人，不敢虚妄下去
我想放松肩膀，于一团火里，不挣扎
亲眼望无乡人，与尸体挥手致谢
英格堡，你还在读那些诗吗？
我在金色东方，种植蓝
夜莺，比我更快到达罗马
在柔波清清的缝隙里
它衔来一顶不曾烧毁的帽子

海的秘密

两只斑节虾跳上甲板
大喊海里有宝藏
它们说:
喝下这片蓝,一朵金会出现

仅一个女人的胃
岂能装下如此多且高贵的盐
我叫来更多同伴
一个叫红,一个叫橙

她们真漂亮
她们在甲板上的舞姿卓越
太阳落山时
两只斑节虾忘记了归程
它们背部开始发紫
从海面涌出的两串紫火苗
曝光了地球最深处的秘密

直至太阳消失,我们

仍未将一片海水喝完
成群的斑节虾,跳上甲板
它们凝聚成一把匕首
刺穿了海底的七彩宣言

饭桌旅行

真的,真的没有什么故事

虚幻,是他们在制造虚幻

酒杯与喉咙,在饭桌旅行

有人提起我,然后很多个我

充满故事,随风飘游,四处生根

这场晚宴,太完美

前菜塞满龋齿,甜若星辰

榴莲酥暗藏买卖,浓汤里

小葱——弯了腰,它被筷子捞起

和我的心一道,被遗弃于真实旷野

饭桌旅行,滚烫无比

它正没收耀眼年华,当我认真吹冷一碗汤

多像一位漂亮男子,盼洞房之烛早熄灭

是一场真晚宴,是一堆假故事

烟雾四起,八角、花椒和鱼,逐渐冰冷

哪有太多动人故事,话语

是崩溃的墓志铭——梦呓于沸水汪洋

我们喝汤,像作揖。这场晚宴

太完美。他们没有故事,他们反复声明
他们说着别人的故事
直至下个世纪的流言之火,燃烧了村庄

与狮子相爱

在动物园,玻璃墙阻止了
女人和狮子的坦诚会面
她直立不动
任凭那凶猛爪牙,在玻璃上划出尖叫
一头狮子想杀死一个女人
不!也许是爱
它只求她,为这缘分流一滴血
挠到正午,光与树均沉默
人和兽,瘫软在地,背对背睡去
"对彼此好一点"
——在梦里,女人反复呓语
她看见:狮子在灌木环抱的湖里洗软毛发
湿漉的肌体轮廓里升出一枚男人的脸
与狮子相爱,或与男子相爱
有何分别?
女人取尖石划伤手臂,敲响玻璃
向刚苏醒的男人展示血痕
至此,这场缘分,不再有亏欠

放空

当你忙于从各路经典
攫取词语置于新的秩序中
如同背着一束光,偷走游蛇的心
那或短或长的文
切割精致如深海鲸之眼眸
每个你我,都有高大壁橱
那些站立的书,永世站立
曾弄失的矮小心情,它永世矮小
今日起,我将十日不归
邀灰尘化作精灵,拍打床帏与书架上的神仙
或调皮钻研某世亲王的湿润胡须
我要激烈,浩荡散尽这十日之光
观赏——宽阔马背如这历史长街
从高高发髻,到三两寸头,来回谢幕
我与风月,共载同一种英雄主义
我与落发之孤,同饮一碗雪
风雨向善,无凌乱,无晦涩
缓慢河流,见它沉稳地流
星空无约束之意,冷月伤透不了草木之心

偌大的放空之感,令笔尖再无参照与羞涩
就痛快写,深描绚烂的时光褶皱
就高声颂,于冰山掳获最深的白
就让我找出一种特别的快乐
当你忧郁时,它仍是快乐

捕捉神鸟

我知道一种忧伤
关于它之名,不用在书里找
那些弯弯曲曲的基调与褐色瞳孔
攀附在诗歌发丝上
答案——不要只在书里找啊找
我已厌烦,长长的异国人名
是上帝丢弃的山楂条,抛撒在饥饿荒野
弄墨的你我,捡起一根咀嚼
咀嚼这干涸的甜腻——可以果腹的谎言
我知道一种关于诗歌的忧伤
已化成明日雨声,藏在猫眼睑
我说我听到了明日雨声
你我不是先知,但
明日雨声,滴答滴答
宛若葡萄串一样的哑炮
已在黑发人群的脚下炸裂
从猫泪结晶出——那么多近处的故事
如此生动,怎么处理
在无法藏身的夜晚,我看见一只猫

叼着湛蓝神鸟,飞檐走壁
它的尖牙,刺穿了一个女人的充盈书袋
从此,字如沙,纷纷漏于河
从此,神鸟与猫共生死
而那个女人决意——跃至屋顶,睁眼望灯火

不借

"月光的清冷,与我何关"
她们极力撇清。一段遨游里的忽高忽低,
累趴一只闪躲的猫。
若是犯了错,头发丝也无法藏匿,
这心底的歉意,怎么展示。
日光下,只要不露剑鞘,终被原谅。
她们伫立在山岗,迎着风,最先赦免自己。
浮现另一个她,怀里曲着几枝雪柳,
怯弱、卑微,向三个挚友借金子。
全部拒绝,拒绝了一所能庇护她的房子。
月光的清冷,与大地,与她们都无关
"挚友"的释义,在遇到第四者、第五者后,
兴许能得到阐述。
讨要金子的人,在山里与神相互供养,
雨在东边落完,极速转至南边,
为一棵老榆木作揖。
漏下少部分的水,掉进泥潭,
溅起四朵黑浪,伴装成心形泡沫。

禁渔期

我们在料理餐厅吃鱼籽。
女人将它捣碎,敷在脸上。
禁渔期,我们抛它入海,
它做孩子,做母亲,做不朽的星。

"若过去能改变,
就否定了自己的存在。"
在光滑的半圆形甲板,鱼籽粘在一枚锈钉上。
它的母亲,在我的腹中凝固成一滴血珠。
它把它献给我,
我把我忘记在一段存在的暗河。
什么在梦里惊扰我的睡梦
"你且睡,且渡过这岸,且等我回。"
吟唱里,我怀抱着一粒渺小,撕开船舱
它开成一朵葵花
剥落的鳞片,嵌入我的指尖
印着月牙的指甲盖,是它遗世的唯一坚硬。

永恒的墓志铭

在无数个沉睡的细枝末节里
伟大的魂魄暗暗起誓
要在不可见的坦途之上,让太阳结冰
燕子失掉筑巢的技艺,有一个人跪下
所有可见之物,挂满冰凌
蓝色星球,与高飞的卫星
它们手中无茶,它们整夜探讨永恒
当我冻结一束光
我的魂魄将置于何处
你心的波浪,成火的海洋
我的永恒,在烫卷的虾壳里
分解成无数颗供血液静谧的蛋白因子
消弭憎恨,钳制爱
像树不记得水,海忆不起礁石
当大地虫鸣四起,月光碎
我会再次犯错
错的满眼泪流,错到星辰掉入海底
你的手绢,只是一架钻入白云的紫飞机
你的正确,只是海棠花开在了北极

我满脸的永恒，是千年后镌刻的汉字
烫在一把通往太空之门的扶手上
我想想，站在时空里想，我的走过
是一把错误的钥匙
最终插在殷实的黄土，我终身追问的永恒
有多正确，就有多么如一段悲切的墓志铭

我不想

我不想，用太多字来展示某种情感危险
亲爱的，晚风醉人
你走时，风也拦不住那份潇洒
我站在辽阔地带
你是离巷口最近的人
穿堂风解开藏青色衣襟
你手握火红番薯
和一位失去声带的烤炉老人
分享巨大的甜
这看起来——我至今无法形容
宝贝，当我扛着一袋黑麦
从你身旁走过
你结实的臂膀正遭受一场强风暴
如果你的心，无法辨别我粉色的指甲
那至少在你满身蜿蜒的血管，有一厘米
是因我而流动
我不想，重复谈论一种叫长久的词语
乌云在太阳下失慌奔逃，万年梓树优雅得体
不能去的森林，正阔绰招待每一个灵魂

我不想,在这普通的夜晚
悉数两个普通人的神情
海风沸腾,你可以叫上更多的人
奔赴这段尚可麻木的疼痛

诗者,"呼风唤雨"

我幻想,用悲伤的基调
制造一个单纯的结果
乐天派,灵与肉不分开
而诗者大多时间忙于痛苦
是否,愈疲惫,愈显诗性庄严
主义、思潮与元素被压制成面纱
罩于田野。由此,青苗朦胧,蛙朦胧
呼唤更多雷电,劈入虚无内部
请出真正的拓荒者,挥起榔头
胁迫几根道德制高点般的残枝
于高浓度的盐碱地上弯腰、蘸墨与劳作
我们挥汗如雨
我们的悲伤也彻头彻尾
情绪之诗,智性之诗,抑或长长的叙事诗
如雨若风,它们跟着主人登上蓝色船舱
或开怀咧嘴或竭力啜泣
最终集体搁浅于一本诗集
也许,我们最大的错:
是在诗里,用人的视觉寻一件孤品

又在诗外,用诗的思维杜撰一宗浪漫
语词栅栏挡不住白色海啸,情感穿墙而过
当诗模糊了生活截面
你我的悲伤一文不值
断句,分行,恳求黑夜降临他王一般的宠幸
我们在同一罐氧气瓶里自相矛盾
诗者,一种剃度的同义词
诗者,从魔鬼躯体分离出的天使
他呼风唤雨,他——
在《沉思录》之外,只称自己为王
我想用悲伤的基调,制造一个单纯的结果
可,船已驶进炽热火海
那是一种永恒燃烧,水燃烧着它自己
就如你我此刻深陷的复杂苦闷——
日日见它悬停笔尖,无以名状,世世不灭

鲸落

你是从何处来的大鱼
是否听过沉沉绿叶,在氧气瓶中摇动的声音
我知道,我错过了一些愈合的时日
你正好落在,这明晃晃的缝隙
从我心进出的血珍珠,如此新鲜
不能让你旧容颜顷刻腐蚀
你与我,躺在珊瑚床,饱受盐的折磨
那些藤壶是否甘心——落
你尽管落,让血肉炸裂
留下蜿蜒尾骨,隔着海,蹲循恐龙的伟岸
就在一艘航舰的底部
你狠狠落
就像狮群在旷野,昏沉睡去,不知王的含义
我,在人性迷宫裸露意志
你,在蓝色夹层,用微弱腹语坦白荒芜
比你小的鱼都来朝圣你
啄食你骨架里每一粒故事残渣
落,像钻石落在无名指,像菱角落在木澡盆
请你用异质明眸

看我如婴儿再次落入温柔之腹
就像梦里某一刻,你张开双鳍卷着我漂游
在没有座位的火车厢漂游

第四辑　雨后

距离

原来,爱情里两者的距离
不过是一段猫身的距离

它蜷缩,相爱的人就走近一些
当它四肢伸展,爪牙尖尖
人们只能借助秋千架,越过彼此头顶
飞翔如此简单
有了翅膀,失去了手

爱情里,两者间隔着一只嬗变的猫
它的耳朵听不得半句妄语
它如此公平
公平地让她与他愈走愈远

一只猫,喝着爱人共同的血长大
一只猫,长成了人间最大的那座山
它的前身,是黑夜里失足的睫毛
在一盆猜疑的火里被灭了基因
当初的男才女貌

跨过火盆，吹灭红烛
如今的枕与枕之间
趴了一只颜色淡淡的猫

向草原尽头走去

躺在草上,趴在草上
身子蜷成祖母口袋里毛线球,翻滚
翻滚在草原
挂在嘴边多年的"祝你安好"之词
切莫再轻易说出
草原不懂恭维
绿海水,扑过来了
家乡的羊还在内庭转圈
我的眼,现在是羊的眼
向草原尽头走去,不是望去
没有一丝疲惫
在起伏中眩晕,醒后再高歌
向草原尽头走去,青草淹没脚印
踩过的暗丘,是母亲熄灭的乳房
向草原尽头走去
拒绝飞驰骏马
一步一步,往草原尽头走去

浅谈女性友谊

我们——沉默在水域
你以桥墩为意象,我以沙石为希望
我们作诗,作到天亮
作,在一轮缓慢的涟漪
作,在田螺的旋转深渊
作,在知了的鸣叫中
作,骑着两艘沙船拉开的航道,将天空作黑
你将我作没,将我作枯
将我作在一瓶永不腐朽的橘子罐头
我颜色艳丽,却早已死亡
作,请继续挥洒斑斓的情思
我在计划未来,你已预谋分手
我也会作:熬过严寒,等凌霄花别在你耳后
我也会作:唱伟大进行曲,学古怪舞姿
我们放开我们,作空一口涓涓之井
我们疼惜我们,翻开厚重字典
知彼此能扛起千吨大词
我作你,你作我
穿过滩涂和荒野,绕过男人和野玫瑰林
你我是否会抵达同一片平原

星星什么都懂

星星什么都懂,为什么还要问
它问一滴雨水,为什么不给自己撑伞
星星离天空那么近,为什么还要问
当人的孩子和羊的孩子都躺下
亿万个问号,缀满黑夜
孩子枕着故事,与星空对视
谁的问题更多,谁将无法入眠
腐烂修辞,如糖汁
在沉睡的牙齿形成菌斑
当一个孩子喊疼,一个答案即出现
星星,你什么都懂
不要再对人间眨眼
你继承了一束光的明亮与悲喜
不要再对我眨眼
蓝宝石般的启示录,已落在窗台
不睡的人,上前翻一翻
法则诞生,人情迤逦
星星,万物的宿主
你旋转,你在万千种罗盘里,自我修复
凡间也有颗孤星,她此时不想发问

时光不息

不睡,因为河流未息
滞留在童年的女孩,迟迟不肯与我相认
她伸出鲜活脚丫,甘愿被野鸭啄食
寒气未至,河流迤逦
食几粒枣,添几件衣
我的秋,转瞬即逝
那是一个泥顶木屋
有我的灰熊和一片碎镜子
抬头望,会有一滴雨落在脖颈
那种凉意,再来三十个秋也不及
也会有捕蛇者经过窗前
他咳嗽,我屏息
他钩住一支游动的小河,扔进麻袋
小河在痉挛,它将永远见不到大海
而我什么都不能做
黑夜里,有一种消失,你永远瞧不见
一夜一夜,我的时光也被捕走
但,还是要祝自己生日快乐
虽然那个女孩,始终不愿与我相认
我只好等她,唯有等她

爱如云

可能,这份爱受到了限制
卧室的宽广,是否与杯中水一样
不能或缺
描眉,画红唇,走入戏剧之中
让坐在最前排的男人和女人
狠狠看清我们容颜
在戏剧之中
一万个借口换来一个巴掌印
在戏剧之中,腰肢制造喘息
而一平方米的美德拖着你我下沉
这是怎样的结合
波浪般的观众席,齐声高喊"我爱你"
我爱你。你身在城市,并无闲暇将它说出
在舞台,将所有镁光与角色占为己有
落幕后,爱
——披上新的文学手法,顷刻壮大
上升,如云飘浮在楼宇间
有个努力的男孩,掀帘与之对视
他拒绝碰触那份柔软
他只在高空感叹:你我皆无根须

望孔雀

望一座湖岛，望了三十年
长什么草，开什么花
岛上的孔雀知道
望了这么久
孔雀，离人世还是远
隔着挂满泥汤的玻璃，望向
远远漂浮的一片绿
针叶或阔叶，要怎么分别
我的孔雀，你是不是
——悲剧开端的溢美之词，哄了我三十年
岛外，在一桩坚定的命题故事里
我夜夜挥霍难以遏制的情绪
请教过一百位老人了
他们从未见过你，却笃定你在岛上
是的，从没见过
孩子们也长大了
有点遗憾，他们偶尔也陷入虚无，也爱望孔雀
想问，于你而言
我们是谁，又算作什么

北方河流

世上有一种冷
令北方的最北之处,毫无戒备

你是冰,闯入一片干裂滩涂
对一只受伤牡蛎不曾怜惜
你种下的风格主义之花
开在南方夏季
每一朵,花瓣重叠四十六片
面迎暖阳,颜色繁华

你混入北方极夜
在我眼睑结冰
你是冰,你的颌骨尖尖
我看不见,我如此冷
我看不见,我也,速速成冰

如果谎言留在了南方
道义能否凝结在北方
善男信女

背上无水城堡在南北之间穿行
你是冰,为了看你一眼
草木自毁,无人移步新的旷野

露水寡淡,日光初显
蜡梅的魂魄,已赤条条步入赤道
你王的模样,越过美学,冷峻在山脊
你冷你的月和树,别再,冷我

雨后

雨后的老者很新鲜。
头披银丝,眼眸发亮,在听一个男孩读诗。

男孩读:
"我们能否再次遇见?
一起回望丛林里的寂静世界。
我们安宁在躯体的上半部,
爱,从腋窝处散开。"

男孩又读:
"摒弃胯骨之爱,召回脑部澄净的暗礁
代替欲之迷离。
我们能否再次遇见?
如几粒豌豆偶遇云雀,
在黏稠的腹中,认清灵魂的酸腐。"

雨后的老者很新鲜。
头披银丝,一刀剪去山羊胡子,
从刚蓄满的水缸里,打捞一枚处子。

朴素的日常

在口袋里藏一把剪刀迎着日落散步
是我朴素的日常里最痴的一部分
是瘾,也是罪
这把锋利的小剪刀
不剪蜜蜂的翅膀,不剪希望与荣耀
只剪,只剪那过分的安宁
那种在风里摇曳的安宁
剪下来,带回家,将它藏于猫的脊柱
当猫的呼吸渐渐均匀
我的氧气也多了一些,可以做更多的梦
有一段很难走的路
路的两边开满透明的花
没有剪刀,就用手狠狠掐
那些比水还透明的花
也许,它们到现在还活着
在我朴素的日常里
掠夺植物的安宁,真的不可饶恕
遗憾的是,我的眼睛还能看见太多颜色

当我看不见,我的剪刀也将在余晖里化成铁水
没有太多祝福的话要说了
唯愿透明,唯愿透明

耳坠

风一样的湖泊,悬在少女耳垂
少女今夜不归家
湖泊也没有家
雨来,它就在雨里疼得招摇
少女哭泣,它就狠狠掉在地
碎成男孩刚洗了一半的残缺文身

少女买来新的湖泊,挂在耳垂
十八岁的盐碱地,清风大过浪
在灌木丛里扎上野餐帐篷
在帐篷里,轻轻为她取下耳坠
在一对耳坠里,寻找梦中情湖

我的少年们,还未掀开帘布
林间的第一道曙光,已烤得土地滚烫
就让他们,多拥抱一会儿
将未来的拥抱一并放在此刻拥抱
反复亲吻,并勇敢展示颈间的痣

在这宽广湖畔
没有真丝睡袍,没有防蚊手环
等穿戴上那些,鬓角泛白的老小孩
多已心如止水,身在他乡楼宇

当我们嫌一群青蛙太吵

有一个女人
嫌一群青蛙太吵闹
她刚入梅的心,碎成一粒一粒变质的谷
爱上聒噪,是巨大的能力
眼罩和耳塞,放在旅行包最显眼处
在机舱,在车厢,在案头
嚼着褪黑素,她
很难再爱上一声声执着蛙鸣
有一个女人,与一束月光形成对峙
她蜷缩于床榻,渴望极致之黑
堆积如山的意念,悬挂在过于光明的屋顶
取之不尽的关于人类的活命之法
责令她今夜必须沉沉入睡
青蛙——王子们,竭力地鸣
只为阻止谷堆在雨季集体变质
而一个女人,只想在黑夜失去耳朵和眼睛
她轻轻说,让窗帘再紧闭一些
在真实性与残酷性过于饱和的谷地之上
秸秆已淌出浓黑汁液

抑或男人，同样如此
吃轻食，遵守着规则，健身
滤除辛辣油沫，体态愈发轻盈
尽管这样，在无尽夏夜，我们
还是嫌一声蛙鸣过于吵闹

赞美晚风

十米长的诗,延展至火炉
燃烧,正消除着余生的荒唐气焰
请知己来身边,虽不知姓名
谁轻踩谁的脚背,旋转不谙世事的舞步
我不想做无色之草
只想被占据
将我化作熬药的盅
陈列在灶台,与芫荽混合
这浓烈气味,深得部分亡灵喜爱
她若是你的有缘人
定能在奇异迷香里苏醒
醒于一段即将消失的想念
听我说
我们不能这般凡俗
海洋与磁性嗓音,绝不是最终向往
看哪,小小沙砾穿上靴,誓要破浪
互相搜索的失孤与娘亲,不能相遇
大地之上,人和兽的回家路,各有各远
屏息,在一首十米长的诗里踱步
在唯有敲打声的曲目中,赞美晚风

丁香与造船厂

它们是紫色冷风,从桥洞涌出

一百个船长的鼻翼,在香氛中颤动

给一个在几何图形里生活的女子

给她紫色旷野

并在上面铸造一百艘船体

沿江铺开,让那甲板摇晃成醉酒飞毯

明早,她将远行

蘸一点江水,打湿她鬓角

下游,一座城市里

有男子在广袤的人工花园

用江水反复擦拭一只铁凤凰

船长们,请在紫色里稳稳掌舵

船长们,那黝黑的额部

悬挂着"对城市过于警觉"的字眼

穿过下一个发光桥洞,记得摘下缄默紫雾

捎给岸上另一些女子

她们的黑发,也藏有上个世纪的春景

此时,她们正怀抱"紫墨水般的云朵"①

乘着一百艘大船——远嫁

那桅杆悬挂一百面红盖头

船长们,举起紫色的酒,喝尽后

会抿嘴问你:哪朵丁香是你的新娘?

---

① 出自伍尔夫的日记:"一场暴风雨——紫墨水般的云朵——正在消失,如墨斑之于水中。"

插花

我一次次割断它们的筋脉

置于含有漂白剂的水中

看它们能在我的目光里,存活多久

我知道这是一场掠夺

以此证明:不懂惭愧的占有,不能带来天崩地裂

是的,什么都无恙

最初的几天,紫依然紫,黄依旧黄

当悔意漫上心尖

所有门窗开启

没有一只蝴蝶闯入

一场活着的死亡在蔓延

但我上了瘾

罂粟花推倒蔷薇和绣球

瓶子一空,我习惯提着篮子和剪刀

一根枝干,一朵花,一片叶

我一遍遍修剪

让它们站着,倒着,横着,竖着
就在一瓶不流的水里
我提前体会一种长久的短暂

主妇的日常

激烈的意识流,从天而泻
有孩子,昨夜做了噩梦。无妨
每一次晨间惊醒,错落的光明再次洒满窗台
公园里,吉他曲盖住口音,和弦
令孤陋的屋顶,足够璀璨
母亲是秒针,转,转,转
直至孩子背上书包——远走高飞
那些与浪漫主义无关的事
交由成年后的一男一女来分割。而有关的事
只在世间角落,由一两种鸟喙来击鸣
女人,剁芫荽,从树林劫来的砧板
是一面鼓,持续铿锵
它似乎在强调——没有人愿意永生
这是新的现实。男人,在咖啡滚烫的下午
无暇描述热烈的人间细节
关于寿命的探讨,不再藏匿于月季的裙摆之下
而是迎着日光,充分展示
有一天,当你也认为活着真好
你将更珍惜悬挂的分针

它直指孩子将要放学的时间。
男人们,无论用轿车或两轮踏板
将孩子接回,他一概有权拥有四菜一汤的晚餐,
我们,过多的追问,终将显得冗长且庞杂。
这日常的一天,是地球不太在乎的一天,
横在远方战场的尸,已代替千万棵樱树灭迹。
喝一口浓烈季风,混着明日的击鼓声,
它声声闷而坚实。这浓浓醉意
令一些在夸赞并追逐寿命长度的我们,
逐渐加入拓延生命宽度的浩大涅槃。

留守

你有没有听过
命运会否与一副对联有关
拣出字典里最在乎的字
凑成几句工整的话
写上：让谁如意和平安
有很远的山
空无一人，猴子打架
至年末，穿新衣的人，蹚过河流
贴对联，点爆竹
礼毕，新衣变旧衣。满路积雪
让要走的人全部滑倒
次日，字迹依旧醒目：让谁如意和平安
到底让谁如意和平安
猴子抓破木门，栅栏缠满野葡萄
如谁的意，在哪平安
房屋不倒，村庄不死
长得很像的娃娃和爷爷，隔着一副对联
互相辨认

暮色里漫步

他们漫步时，在听电话
他们漫步时，需要诉说
我漫步时，看到他们漫步和说话
我一个人想怎么走就怎么走
河流倒退，星星可近可远
一把石头奔向了河水
边走，边敲打背部
单车像飞机，泰迪狗像人
我漫步时，不敢揣测高楼的根基
他们漫步时，看到我在漫步
互相无言，也不淌眼泪
这一日，在漫步中谢幕

夜航船

会不会有人,此刻站在楼顶
手提一盏月亮
看河流缓慢穿过船舶的躯体
我不想做那个人
就像我深知——
草原如此美丽,却给了羊群不死的愿景
一个女孩,长成母亲后
便不愿,再观赏太多迤逦风景
越过你我头顶,更辽阔的地平线上
有羚羊正细嚼悬崖边一株黄花苜蓿
吃完后,它们就要冒死跨越
直到移步于另一端忐忑草地
这幅动态风景画,才能封笔
也许,这是我懦弱的理由
这份理由,融化在清晨的蜂蜜水
尝起来,九分甘甜,一分苦涩
立春后的夜,雨丝如猫毛
一片余冷中
被折断的蜡梅枝条,也很难理清命运

河水,你慢慢流,夜航船如小鞋
里面躺着两个入睡的娃娃
而他们的母亲,为了拥有此刻
蹚过了太多的河水

做了记号的珍珠

我在列车里追逐自己
遗留在过去的光影,跟我赛跑
我始终比一棵香樟树跑得快
赶到一块湿地,割除满眼的蒲公英
搬来最大的石头
堵住最小的蚂蚁洞
让它们过一夜没有月光的日子
逼迫深藏的面包屑,被延长至第八天啃完
这些都不够
我想做尽坏事
想掀翻一座搁浅在水岸风化的木船
它早没有资格,在一座桥前,孤傲和自怜
甚者,当圆月倒映在水面
我舀干湖水
让螃蟹和虾在淤泥里自动断钳
亲眼看一群菱角互相疼痛
我做这些,都是因为想你
极度想你
某天,我深潜于一处透亮的海峡

有一只斑斓扇贝,张开怀抱
用柔嫩的躯体,磨圆我心内的黑色岩石
当你走过一条喧闹集市,要记得
最缄默、黝黑,最靠右边的那颗珍珠
便是我,一定是我

观牌

一个穿西装的男人
将一个穿旗袍的女人
从麻将桌前带走

推诿中,掉下一只打火机
和一面手帕

接下来,会在昏暗的灯光里
互相咒骂
扭打
最后拥抱

午夜时分,一切过去一半
男人想抽烟
女人还在淌泪

空

我的内心
是没有内心

杯子一空
我就要立马添水

喜鹊一叫
我就要打开迎接友人的铁门

那些扶着墙
颤颤巍巍,走近我的人
我劝他们
绕过一座雕塑,径直
往山里去
那里所见,都是我

燃烧的日子

有人，重新定义了灶膛里的火
说那也是岁末烟火
柴和枯叶，脆而残缺
火苗，一边为红薯起舞
一边烤了所有

小孩搓着手，等待
一种滚烫的甜
嘴里哈着气，冷却了周围的不安
坐在灶门口的我，用火钳
排列着不知疼痛的树桩

这一分，一秒
多难熬，月亮催着太阳
太阳等着雨

这一世，一时
太明了，枯叶黄，花儿红
一条路，有去有回

孩儿捧着蜜薯

啃着，啃着，那些运了一辈子沙的船

已搁浅在黄昏

第五辑 隐者

安睡到天亮

在一座有巨大落地窗的博物馆
我闭上眼睛
任由古老画作在血管游走
我知道，我毫无光芒
但总有生锈的故事，真切逼迫我发光
博物馆，闪耀在圆形山顶
它是此地第二枚太阳
山脊，黄牛嚼草
山谷，妇人浣衣
雨季将来
落地窗又要痛哭一场
雨水如沙子倾泻在透明玻璃
之后汇入河道
去年此时，我紧贴一面玻璃
手舞足蹈，来不及为它拭泪
雨季将来
这里的人，从不哭泣
这里的每一人，都能安睡到天亮
只在消失前
送一个故事到山顶

发光的镜子

是善,还是某种自我揭示
我在一面落地镜前,独自饮酒沉醉
夕阳绕过山崖
赐予我和镜子艰难的余晖
我们,开始闪闪发光

两个女人对坐
在傍晚,她们闪闪发光
发丝涌动,嘴唇微张
她们对谈,试着曝光一切隐秘的知晓

关于芫荽的气味
关于美的不足和宇宙的缩小
关于情爱和某位绅士一生的羁绊

她们,起身继续诉说,窗外天昏地暗
直至一艘沙船停航,灯塔亮起
镜子暗下来,语言消失

独剩一个女人斟酒,她点亮屋子
找出绸缎盖上镜子
她说:有个女人要休息,宇宙要休息

起誓

许一个无用誓言

它关乎一棵失去魂魄的蒲公英

当夜猫,不再翻越垃圾箱

当星星投射在一杯清酒不摇晃

所谓的地老天荒才能奏效

许一个无用誓言,用心许

叫女人淌泪,叫老人回忆并痛苦

叫多数男子

用胸肌的跳动,构建情感战场

叫世间情

化作雨珠,在黑色伞面弹跳自如

请照亮一句昏暗誓言

手电筒的归期,在手掌里流出铁水

无眠醉意,爬上房顶,迎接新日

誓言如风,誓言它好冷,誓言在结冰

誓言挂在树梢,赐予蚂蚁最后愿景

我奉劝一株棉花不要被誓言左右

让它不死,怂恿它吐出一切白

即使,看起来,白得忧伤,白得堪比死亡

友谊封茧

世界停泊在蝴蝶的眼睑
很美好
我也过得不错
深秋里松针的尖锐,直指灵魂
在晚桂的袭香下:众生躯体完整,心脏跳动
努力成为合格的宇宙漂浮者
野兔繁衍的速度
超越一个人对星空的执念
蝴蝶振翅,振翅到荒芜
荒芜到火烈鸟忘记它是鸟
我这停泊的世界
因他们构建的情感秩序而下坠
坠落在水面,顷刻成冰
坠落在沙漠,成一面竹林堆砌的黄绿峰峦
逻辑,在没喝完的咖啡里冒烟旋转
我的蝴蝶,蜷缩成问号,挂在无尘屋顶
烛火绕心缄默三日,残情隐匿于茧
这日子美好,这晴空如瀑布发白
这寡言的曾经的照面与遗忘
纳入一只短命的蝶

浪漫主义的处理

我的生日蛋糕,花花绿绿
奶油,芒果和樱桃
簇拥一位可人公主
我递出去的蛋糕,糖分极高
只有天地河接过
于是,青春在极光中闪耀
它暗含憔悴和平凡出生
蜡烛在水里轻快燃烧
我吹三次,它不灭
圆形人,方形人
持长矛,切开可见的寿辰
他们合力对一个朴素生日
做浪漫主义的处理
河水快快流起来,苍鹰也来觅甜
一个女孩,滑翔在瀑布
独享雪白与梦的泡沫
草快快绿起来,画家也来晕涂脸颊
一万个女孩,有情有义
她们赶至悬崖,立于蛮荒
对山河做了浪漫主义处理

静止的欲望

最美丽的颜色,荡漾在乌桕树梢
红色叶片静止
上面的圆圆虫眼,恰容一只飞蝇穿过
它穿过一片叶,再穿过一片叶
最终到达一片叶
乌桕不结甜果
虫的欲望在深秋静止
最美丽的红色,愉悦着山腰的土坟
碑文姓氏,如涓涓诗性淌至空谷
当新芽与雪并置,一个小孩要来磕头
他太小了,并不能看见
另一个小小的,在叶片隧道里的飞行者
而那靛蓝色的欲望
在荒野静置了无数个晌午
谁能在清晨,领走一篮子欲望
它们乒乓作响,鲜嫩娇滴
小孩,怀抱纸元宝爬上山
烧起来,乌桕树下一团火,惹泪又绵绵
烧起来,攒动欲望,已成灰烬

黑湖

我见过一面黑色的湖
凫水的天鹅也是黑色
无限光照,缔造了一座天坑独创的才华
它不服从规则,并充满活力
一只黑天鹅
飞翔于远方雾霭,独自做山河的主
夜幕下,我才能看清这面黑湖
当湖面镶满繁星,它缓缓打开自己
露出湖底雪白
它一边打开,一边颤抖
我也跟着疼痛
我忠实记录一种野玫瑰般的命运
不可明说的情状,也令我颈脖泛黑
关于一则黑湖的寓言,与透明和映照均无关
它是黑湖,你低头,不见影子
它是黑色泥土,松软无尽
你尽管踏上,也请铭记湖底结实的雪白

剪

光阴要剪,人要剪
光阴里,人做的那些事,要剪
剪,非减,非简,是一刀一刀克制
并目睹疤痕结痂
是伫立在一座长而孤寂的独木桥上
彼此无法避让或穿行,各自退去
桥下浪花汹涌,桥边少女浣衣
水域与双手合力搓出的人间泡沫
与孩童吹出的泡泡,无类别之分
它们无辜且天真
并在阵阵风吹里,绕桥飞舞
飘忽,间歇性撞见眼球,惹出一番泪
可,如果泪是河流的一种
那也是史上最卑微的流动,无专门容器盛载
无庞大航道,无倾世大坝
往往,晾一晾就不在了
不如一口残缸
美满地死守一汪发绿的水
我追寻守桥人,在何方?

我叹息众人过桥，怎么无人守桥？
匆忙过往，与梧桐絮，野鸽
一起在空中获得自由与陆地的瞻仰
所有跳动的心脏——
踏着桥：朝圣古庙，提酒见故人
胸佩红花提亲，背孩子去读书……
我如桥，目测所有情感碾过脊背，渐浑厚
我呐喊：来，与我守桥
不要责备我一如既往的荒凉
陪我缄默在两颗星球下，感受不同光线交错
这是一种活着的象征性
肃穆地站在一座桥中间吧
捡起遗漏情谊，藏在一个木匣
终有一天，我们会淌着泪打开
各自认领，那些轻易放掉的丢失

心魔

我对一颗草籽,碎碎念。
它生在旷野,死在啄木鸟的爪下,
让我一直默念它的空灵和决绝。

很久之前,我该吃掉它,
否则,远方怎有蔓草狂妄于雪坡。
很久之前,就该腐朽于我腹中。

我对一枚硕大的月亮,无感无痛。
它稀薄的表面,
没有元素能激活一颗疯狂的草籽。

它在哪。摸不到,我的指尖轻轻,
挡不住的心魔,根植于四野。
它在哪,一颗草籽竟有王的绵延。

大地不知我

哺育我的河流
穿越两座古桥,一直往南
而我已改变一百回
当有新的变化
我羞于在桥上徜徉
比如,脸上的皱纹和心口的伤疤
在一束月光下
始终无法言和
敞开衣襟
将揽于怀中的星星全部放走
它们都是我辐射过的灵魂
它们逗人笑,惹出泪
它们夺走我的碗筷和一只破旧玩偶
它们遗弃了一顶平静的灰色屋面
它们让乌鸦和百灵鸟,同时失去喉结
也最终让我
孤零零从一座桥走向另一座桥
倾泻于这条河流的我的思想
在高楼的倒影里,形成一面假的光辉

远观的人,看到板凳和落地灯各归其位
看到一个无法隐身的小人,转呼啦圈
在激烈的浪的眩晕里
鱼和钓者边呼吸边博弈
正如我在桥面走,大地不知我来过

你给的模样

若给你一本字典
你会搜罗出多少词语,来形容我
大量的形容词和名词堆砌成一个人
起舞吻花的蝴蝶
在太阳下淌泪的雪人
执着的啄木鸟
我是一个不明物体,幻化成何样
源自你的情绪和回忆里残留的念想
风吹了还是油灯枯了
模样一直在变
我一会儿纯洁,一会儿邪恶
如果我还爱你
这些我甘愿接受,成蚁或成羊群里一朵洁白
我可以砸碎玻璃花瓶,放玫瑰一条生路
你以爱之名赐予的一切,我在无尽的黑暗里细咀
如果,我不爱你
你又会将这些名词抛向哪条纤细河流?

都是故人

我不要,我不要你成为故人
可是,类似你这样的人
宛若冰下呼吸不畅的鱼
正两个、三个直至九个般聚拢过来
我沉睡在河岸的花苞,九天九夜了
那笃定不能停歇的水流
在何时竟已大片凝结
我在夜露里泡了九个夜晚了
实在没有气力凿开冰面,去挽留几条鱼
故人如鱼,撑红的瞳孔
映照不出一个完整的我
他们隔着厚薄不一的冰砖
喘息着宣告:这样透明的分离永不落幕
我始终不懂
他们身体那样柔,心肠为何这样硬?
后来,有钓者走来
当他追问我是人还是鱼
当我摸到自己颧骨上的第一片鳞
我将不再控诉——

不再控诉这接踵而至的分离
任他将我钓起,悬挂,并抛掷于晚霞
在空中,我绝不做一秒挣扎
你是谁?我是鱼
九个夜晚前,我也已成故人

他不需那可怜的垂青之词

那稀薄的月光不需山野之风垂青,
那奔跑的骨骼,无须念想幻灭的彩虹跑道。
那干裂的垂青之词,挂在马背,
踏碎了希望的露珠。

那山间异石重重,灵猴在古典里成人。
他被几张嘴舌绊倒,
默默观赏人蜷缩成猴的话剧。
那悲壮的历史,无须一架闪烁的飞机垂青。
那远古的水,被浑浊成疯疯癫癫,
豢养着一群困兽,争夺瀑布倾泻的无奈阴谋。

他用右手写,拿左手垂青。
滚烫的心脏,做太阳,
起伏的筋脉,成水路。
他这完整的躯体,不需那可怜的垂青之词。

纸飞机

我的纸飞机,像某种预言
它越过危险之地,找你
太危险了,差点撞到另一个完美的额头
这趟美丽飞行,因田野上的劳作之人,而止
灰暗色眼睛,蓝色头发,不像人类的使者
正开着一架飞机去找你
带着神秘盟约,腾跃在月球的黑暗地带
你会说,这真是一架可笑的飞机
当它最尖锐的部分,将要直扎胸口
你慌忙捂住眼睛,怕它触碰满身的虚弱
依稀,我们坐在枇杷树上,摇头晃脑
躲过一架架纸飞机,如此耗光童年
如今,它们越过高墙,停在水面
任由众生打捞,哈一口气,就让它飞
飞走了,那心中虚情和干燥唾沫
这超凡的力量,来自一张薄纸和一双手
我的纸飞机,夜深该睡了
请停泊在我眼皮,忘掉背负的意念

离别

当离别这件小事浸入酒盅
麻痹的却是空中鸟
它们飞,划伤缜密空气
并将一个完整的我,抛入雪原
高山呼吸,父母健在,无知己
神曲悠扬,夜夜传颂,懂也非懂
我游,与寻水之鱼并列游
在某个湿润的夜
我参与一个牌局,并赢得自我
当再回枕边
十指已磨损至无情无义
打电话给电台
请换一首歌
他们说:有人正在相拥
如此很好
如此,那熠熠星空里的鸟
在果腹的前一秒
也能绘制出青虫高飞的宿命
离别这件很小的大事

在今年最后一个夜

被我一饮而尽

老友的笑,是偶浮船只

载上我,优雅会见下一个同类

我和一段清晨

我和一段清晨,陷入朦胧
有人在玫瑰中央
等待玫瑰的眼睛开
光,挤在一起,窸窸窣窣
悄悄并轻易撕碎我的清晨
而困境,依旧在
那无法朦胧的困境,完好无损
也许,我永世
不能得到一滴在雨中哭泣的猫的泪
你无法辨别的这一滴纯粹
化成冷却后的心思,悲悲凉凉
昨夜的梦,是露珠
当它映照出我的脸庞时,也即将消失
我有爱的能力
包括彻底地爱一个短暂清晨
这神奇的——梦与现实的连接点
让我熬过黎明,就能复活
而,不管你的院子是否有钟声
迷失的星辰,终将完成它的飞行幻想

起床，不能犹豫，拨开浓雾
刷牙，抒平鬓角
让风中的情绪，死于海
而你，终将屹立
在一片奇异的红色浆果之上

流年

我将浪费的时间,堆积,焚烧
一万个我,向我求饶,求我熄灭
那时间里
蚊蝇和水蜡烛对坐十年
山,窘迫在女人怀中
逃亡路上,我的背包里,有词哐当作响
当我遇见鲤鱼,便送它一个词
我不是吝啬鬼,蟾蜍也有我的词
它们吃掉我的词,吃掉湖底最后一滴黑暗
那时间里,众生有红唇
大漠断了音讯,苍白云端,沙棘如星
纵你权力如王,赐我飞驰马车
我也难咽那虚度的过往
要不回,要不回昨日的马醉木
谁能给一盆不会含羞的含羞草换水
直至它对流年敬畏
燃烧——没有刻度的躯体
宇宙里散落的心脏,在今夜子时
将和盘托出它的虚伪

邀你,和我对着白墙,吟唱珍惜
言辞浅浅,嗓音悠悠
如丰腴水流,轻叩蚌的家门

雪中尝情

心累之时,晚间萤火
也成挽救性命之思想巨擘
大地说过的爱她之意
残忍如养蚌取珠
时光钻进飞驰跑车
摇滚歌手都已抒情
荻花苍茫
你的不可能已在彼岸调试灯光
转弯拾一地粉末
它是被车轮碾碎的蝴蝶
曾吻你,也吻过我
爱因斯坦和牛顿,不能定义一个情字
苹果,苹果,它接连坠落
秘密在塔顶遗憾,任由风吹
我需要一个科学解释
在腹痛与颈椎病侵犯之时
还能剖析自身命运
我并无抑郁之意,雪中尝情
听悠扬风鸣如乡音,念四海

天空依旧远，万物皆巨擘
蝼蚁驮米，如我载你去成亲
那么，云高高在上，请鄙视
或祝福——这一个个在人间尝情的木偶

夏季里的自我认知

微凉夏夜,绣球和铁线莲,
漂浮在虚妄之海。
我正替不知名的公主,保管颜色。
"你是谁?"
闯入的蜜蜂问我,
答案在十岁时的我手里。
那个女孩,将铁丝绕成一个圈,
裹上蜘蛛网,粘住蜜蜂。
"我是坏人,曾杀死你的同类。"
微凉夏夜,我们看不清彼此面孔,
一只又一只小客人,飞入窗户,
像一世又一世的女人,叩响爱情之门。
我好想搂紧它们,无论那刺多么锥心,
我好感激一场闯入,
赐我连绵起伏的自我认知。
当每只小小的胃,鼓起,充盈,远走后,
每种颜色和每场失去,才真的有姓名。

完美之殇

在决定做什么之前
我想拜访一株年迈的葡萄树
从前年开始,它不再馈赠我果实
是不是我做得不够好
我无法赐予自身完整的晨间觉醒
也不懂,当一颗心软弱
会否有资格与草间的黑尾鼠
产生亲密缘分。凡人,凡人
乐在错谬里寻一座巍巍高山
于此,顽猴大胆走进人间
它们拨开女孩秀丽的发
誓要找出一只得道高虱
终要失望,这世间不同往日
街道过于清白,悬挂的灯彻夜不熄
人影憧憧,树木完美,风完美
人间已无虱,月光正洗劫每一个鼓起的胃
决定做什么,下一页对周遭审视后
产生的清晰观念,轮到谁浅吟
魔法杯,装满圣水般的泪

不要再用树叶蘸一下,洒在头颅
也不要拿一座规整的格子楼宇,和鹰比高
告诉我,这完美,已让我痛,也让你痛

等秋

我走在用你的气息铺成的路
额头隽秀的纹路
像是挤变形的木澡盆
只留一丝清流
在沟壑里蜿蜒求生
路上,我再次孤独
刺耳的鸣笛,割断月光
我不停打灯,让命运忽闪忽闪
迎面车辆,关了远光灯
此刻,一株草挂泪
你也正看见一颗星回应另一颗星
就在这很短的路
蚊虫似蝶,飞舞,飞舞
透明羽翼,引爆夏末惊雷
它们蹒跚在我的右臂
赐我红色唇印
像恨我的人,最后一次说爱我
告诉我,初秋依旧沸腾,是欢愉抑或苟活
问庭院,守着不开的桂花树,寂寞否

踱步，踱步
夜空下，静谧的血液流淌
只为成就一个等

航

多年前，我没有船票
黑斗篷和钝匕首
是遗忘在浅滩的慰藉
站在礁石上
那晚的月影弯弯
像一架悬桥，在风里摇晃
明明，伟大的誓言将呈现
渔村里，湿了衣袖的孩子
不敢回家
借月烘干娇嫩之手
海中月，如此清晰
树梢的碎帆布，捂住夜空最暗的部分
数只蟛蜞爬向我，赐我淡水的错觉
多年前，很多人没有船票
蓝色宝藏和凭栏欢喜的一小捧惊涛
在远处发媚
多年前，很多像我这样的人没有船票
我们是光荣的海鸥
却在登船的狭隘里，挤碎羽毛

愿你诸事顺遂

如果今日,诸事不顺
我就很早入睡
明日的光照,顺利抵达心口
忆不起所有
昨夜孤星流出的泪
只剩拇指大小的盐斑

你若站在过去,朝我笑
我不确定能否勾勒旧日港口
清晨脆而深的阳光,松软着手帕和猫
在无船河畔
我仍会将唯一的盘缠给你
在灌满风的巷子里
依然有另个人为我烤梨
这是宿命

我祈愿诸事顺遂
如不能,就睡吧
等阳光掀开被褥

穿过那蓝色孔雀林
有浅滩绵绵，风轻唤澄澈的沙子叫珍珠
渔民的屋子，在轮回里
墙皮大片剥落
那筋骨残喘着撑起的轮廓
依旧是家的模样

隐者

我找了很久
寻不到他

他换了名
混迹于一座充满灯光的城市
脉搏也变得刚劲起来
绵柔的山和水
离他远去

冰冷的金属和明亮的玻璃
是他最需要的坚硬
慢慢地
他给妻子的名字去掉一个字
给孩子取名时
加了珊瑚的斑斓和蒲公英的自由

要不是有张借条捏在掌心
我差点忘了这名隐者

你,何时归

新月盘旋
羊圈里的羊,眼睛困,灵魂不困
无数个新月登空的夜
羊望星星,星星数羊
它们睡不着
水汪汪的咩咩声,一遍遍喊着真理
"能让老人与狗快乐的人,是好人"
是真理,还是浪子的忏悔录

昨日
夕阳催更,长桥于河里洗身
柳树与石狮谈论深情
采石场的工人,白净走出门
灰蒙蒙归山
老人和狗,好不快乐

火车隔着山脉,从耳朵里穿过
一大片茼蒿

似摇动的翡翠
穿着皮鞋,头发亮闪闪的人
坐在火车里,头也不回

时空

我跟随一只萤火虫飞了多日
在山洞,在溪岸
在偌大的桉树旁
我和一只萤火虫:责怪时间的虚伪
远古钻木的火和北极光
在呼吸者的右边,重叠成白色灰烬
我们爱玫瑰,恨玫瑰
玫瑰它盛放,玫瑰它凋零
我们爱和恨那烂透了的泥土
怎么掩埋得如此轻易
又怎么怂恿一只蚯蚓爬上冰冷的鱼竿
我们飞
无色瀑布弄湿飘扬的发
我们忘记
忘记时空里薄薄的虚伪
在山洞,在溪岸,桉树依着火把发光
有人和虫深情地责怪
他们累了就拿月光洗脸
直到浓浓的黑变淡

友谊防腐信条

赐予我友谊的人
正在悬崖边,模仿羚羊
他们一个一个跨过万丈深渊
只扔了一条牵引绳给我
我的泪水不多
不够让他们掏出手绢擦拭
我的盘缠不多,全给了他们
旅途中,由他们支配时间和食物
血样的烈酒,被夺走
不允许我醉,是这段友谊的信条
由此,我清醒地看着一些什么正在割裂
我还是决定妥协
如果他们非要做羚羊
那我就做一只乌龟或者水獭
我只负责瞻仰,赞赏和追逐
有时候沉在水底,屏住十五秒不发声
如此,定能保住友谊

将要旅行

我们将要旅行，是丈夫告诉我的
会在明年八月，呼伦贝尔或莫尔格勒河畔
无尽的绿意，混着不知名的红色浆果
牛儿羊儿，还有我们的孩儿，一齐奔跑
等等，我要先去城西的绸缎店
问掌柜的会不会做五彩哈达

我们不能即刻走
要等一段秋色埋进年关的雪
等江南的花，盛放绵延在春水两岸
准确地说是在等一个假期

孩子们同样期许，但不得不过好今天
他们守在餐桌前
猜马铃薯被刨成丝还是切成了块
或认真质问一粒苍耳
为何粘在裤脚，是否也想去远方

我从柜子移出裙子，又添进毛衣

丈夫晚间带回几枚银杏叶
没有人敢辜负一丝入室的月光
同时真挚地守候一段旅行

失语

倒映在宽广水面的喃喃之音
来自鸟叫、犬吠和人声
鱼不懂,虾不懂,河蚌关了门
世间声音,到达水面,便止
水下的飘摇,很肆意
爬行,飞驰和跳跃,在失语中
直抒胸臆,动人明朗
鱼懂鱼,虾懂虾,河蚌在吐沙
红、黄、蓝,比陆地明艳
都过得很好,即使失音
水面之外,敲盘子,投入湖底
提裙转圈,遥指明月
一百个动作,比不上一声聒噪
呵斥、嘶吼、低吟或放歌
太擅长,太可惜,太轻易
就抽动嘴唇
山崖啊,骤雨啊,无尽的路啊
在一次又一次的诉说里,冗长寂寞
别忘记手臂和步伐

可代替高贵的话语
轻盈坚定的奔跑体态,是山,是顽石
在每场风暴里,张着嘴,不能阻挡沙尘

我有山谷,在河下游

山谷里,有洁白的养蜂人
纳彩蝶为妻,舀水做床
劈开河谷,广布禾苗
为浪潮里的将军,苦耕半世粮草
他醉吟杜甫
点油灯,洗发,洗脚,洗文
每一个清晨,他白净如雪
蒲草,怎知伟岸时空下,一名男子如何落成
数罐蜂蜜,黏稠了鱼鳞和案板
与神混迹的天涯,传不进童叟的哭声
他轻易将城的另一番土地占有
野芋头,光洁发亮,散尽待续的自私之光
当喉结隐动,降临的失眠
连接着一位妇人的分娩阵痛
他再次出生
迷恋,愿这痛苦的迷恋,回向黑石下的英烈
风作词,雨作曲,鹤高歌
山谷里,洁白的人,躲避羌笛
他的瞳孔,是虚无蛮荒
他的嗓音,没有一片柔软羊毛

山谷里,"无情无义"的人
摆手回绝一场太平盛世
他筑起篱笆,他抱紧我
他抛撒谷粒,喂那斑鸠一颗自由